被群鸟诱惑的春天

绿窗

— 著 —

作家出版社

目　录

第一辑　静物写生

1

第一辑　静物写生

小扣柴扉

一

老家的小院依旧是柴门。这还是父亲年轻时的杰作，每根粗木棍都被磨得光滑闪亮，跨上台阶，那种温热的情怀便在血管里四处奔涌。我跟母亲商量："柴门看着有些寒酸了，咱也修个大门楼吧。"母亲淡淡地说："一个人住，不用弄那形式，又费钱又压抑，哪有柴门敞亮啊？"

二

暮色微醺，父亲吃酒回来，脸红扑扑的，眯着眼，开怀大笑，歪歪斜斜穿过梨花盛开的小径。

夜已深，柴门外的喊声划破夜色："二先生！"父亲立刻离开温热的被窝，背上药箱出诊，赶上风雪交加，怎一个"柴门闻犬吠，风雪夜归人"！

柴门浅挂，客人不约而来，久呼不开，正自惆怅，却见几枝红杏妖艳地斜伸出墙外，怦然心动，且坐在台阶上等候。有客人晚走，"相送柴门月色下"，残酒冷香，又是一番景致了。

三

柴门犹在。

一树梨花连同父亲略带醉意的笑容，都早已化为春泥。门前高耸的白杨树也陪伴父亲去了，留下偌大的木墩。母亲便常常坐在这里独念着旧事，守望着黄昏，候着孩子们突然从河坝上走来，乐得皱纹都开了。

我们曾接母亲去住，她却总惦记着洒满阳光的老屋、树荫下一同打牌纳鞋垫的邻居、她的菜园子、她的小猫和鸡鸭，还有每周一天热闹非凡的乡村集市，终又回到村居。推开熟悉的柴门，满院蒿草疯狂零乱，只有那枝红杏还撩人地横出石墙。母亲心疼地抚着柴门，说再也不走了。

我常常回去，同母亲坐在柴门前的木墩子上说话，摘些紫红的凤仙花，轻轻捣碎，染着指甲……

得道的老巷子

人一见珠宝性子就变慢了。老巷子是陈年珠宝，人一走进去，性子也慢了。

老巷子有历史的光撑着，像胡杨，一轮轮惊魂动魄之后，是永恒的超脱，不挣扎不辩解，命运照常搓弄它，一拨一拨的人给它上妆，一场一场的雨涤去脂粉，老巷子自己会沉淀，末了还是最初的风骨。老巷子可不只是井，偶尔跳进一只蛙呱呱两声探深浅，它不甘寂寞，托飞鸟，托一片云，托一只深宅里的蝴蝶，或砖缝里的一枝蒲公英打听外面的消息，天涯的人就到了。老巷子就有胸怀有故事，就活了，就可以上下越千年。

在早晨的冷气里走了老北京南锣鼓巷，一砖一瓦数过去，上面都是重量。阳光是夜里酿就的，不曾大片大片洒下来，浓郁的笔墨一撇一捺，抹在搂不住的老槐树上，红彤彤敞开的大门上，生锈的铁锁上，磨了几百年的石鼓石狮子上，斜斜地剪进长街的我的脸上。哪一家门里都有传奇，只是我无法逮到它的枝丫，我像阳光那样躲迷藏，恰巧躲进一扇门里才好。

　　谁的门？齐白石家里，茅盾小院，戏剧大院，末代皇后婉容的门庭？没有白菜红虾，没有林家铺子，没有明星款款走，没有雨打梨花深闭门。八百多年了，雀儿都更了千茬，叫声定然还是从前，而门里门外说话的人变了又变，他们都在，又都不在。有梦想的都早早地走出去了，了鸟生锈，木门斑驳。留下的则越来越平和，内在的东西早浸到土砖瓦石，你摸，你踩，你念叨，它就支起了耳朵。低低高高的人家，一半儿微开一半儿盹，闻得见元曲里的四月天，黄四娘沽酒当垆，莺莺燕燕春春，花花柳柳真真，事事风风韵韵，停停当当人人。晚上灯笼一盏盏亮起来，飘出咖啡和啤酒，飘出吟游诗人的平平仄仄，就是老树开花了，小娘子长长一声道白，由来的惊喜从木格子窗透出来，受用么哥？

　　老巷子必多达官或殷实之家，小民的破瓦寒窑经不起年岁的重压，一味地粗陋也不会有流传，雕花门廊石礅石鼓都是艺术，也是盘剥，没有逼迫就没有能工巧匠，欣赏且感恩且祈祷。乡村早期的土墙茅屋不过苟活，后来厅堂瓦舍卧砖到顶，衬着桃红杏白也算好看，现在的平房简直可恶，像棚户像快餐，不能指望了。

　　一个城市没有老巷子是缺憾，老巷子没有一个老旧的书店，也是缺憾。无关怀古，利于呼吸舒畅。再图热闹，再万马奔腾得意须尽欢，也想有个喘气的地方，老巷子和小书店就是古木阴中，可杖藜过桥，淋些杏花春雨，洗下身体里的灰尘。所以南锣鼓巷有个小书店，绿门黄联，草木气味，叫"朴道草堂"，灰瓦苍檐，半掩门，竹草花发，犹如书册流连。香格里拉的独克宗古城也有书店，诗人默默开的，幽深巷弄一般，冬天尚冷，壁炉火光荧荧，三两好友默默坐就十分美好。大理古城满街银饰叮咚，忽而就冒出个独立书店，沐身天下笔友书香。乌衣巷短得不能再短，那是笔墨者的天堂，早已深得够不着底。书声是有分量的，躬身阅读书写是有分量的，会压住横生竖长的欲望，令草木扶疏。在最时尚的大厦里只有一间小小咖啡屋的小半墙书册，枝枝朵朵苍苔暗生，也能抑制万千俗气。

老巷子确乎有书卷气，有个把门的，风刮到那儿就小了，水流到那儿就缓了，猛兽到那儿就文绉绉了。老树构成的拱顶，地上铺就的落糁，偶尔的鸣蝉，行者的低语，安静的高墙，都令人幸福，停也是走，走也是住。老而不朽，而心灵舒适，是得道的生息，红彤彤，不慌不忙地散发，不高声，不焦躁，也不安慰，就是注视。一个老巷子姑且相当于一个老村庄，有一亩三分地，一片林子，一泓清泉，可坐阶上说话，坐水边看水。

听说一个想要结束生命的女人在这里走了一天一夜，扔下了刀和绳子。都是我们身边的人，我们用过的物，要好好爱，长久爱，一旦年深日久，陌路就是知己，江湖就是亲戚，多年的媳妇熬成婆，多年的父子成兄弟。

过去的老巷子是生活，现在是老巷子生活着给你看。逛时尚大街不需要思考，只需懂规矩，到老巷子里灵魂可以出动，可以横行，从头到脚歇在一帧老照片里。冬夜，空静，过一座老石桥，上黑亮的石阶，有人哼起春季到来绿满窗，抬头见大月当空。

皇城根下有人家

惜　别

　　正落着雨，水珠儿在松开的发辫上跳动。我穿过一片盛开的太阳花，踏上德汇门前的白色小石桥。避暑山庄的湖水从宫墙脉脉流出，绿波盈盈，靠皇城根儿处，芦苇丛生，幽静安详。邻着宫墙，一排排灰砖灰瓦的平房沐浴在细雨中，一直延伸到胡同深处，那就是我的小家，离宫的亲密邻居——迎水坝。

　　走进窄窄的街道，躲闪着大小不一的坑坑洼洼——雨天就是这样，总会把行人的万千游思、百般爱意都给无情地溅湿，只有皱起眉头，一心一意谨慎择路。若有车叫嚣着驰过，衣裙必开满泥花。

　　这些平房就要动迁了！期待了许多年，一直杳如黄鹤，这特殊的地段动迁起来是多么地艰难，且慢慢过我的候鸟生活，冬去夏回，小小别墅般陶陶然。突然通知要全面动迁了，内心惊喜不已，人们无不感受到一股强大的力量与决心正在改变着城市。

停在雨中，注视着走了十几年的小街与胡同，像抚摸着旧日的所爱：那些淡淡潮湿的霉味，屋顶升起的炊烟，阶前窃窃的私语，深巷叫卖的声音……

老　屋

这已是五十年前的小院了，山庄的古风清韵隔墙踱来，躺在自家的床头也能听到宫内隐约的乐声，还有晨练者甩出的悠远的唱腔。

当年，我一袭粉红裙装走进这条幽深的胡同，跨进我家小院，暖暖的阳光下，一大盆红装玉立的玫瑰花迎着我，为此我欣喜地留下了一张照片，陶醉地闭着眼。

巴掌大的天空，望不出去，前排邻居家屋顶挺出一棵壮观的古柳，一半已枯，粗犷嶙峋的枝丫伸向空中，时有鸦鹊鸣叫；另一半却郁郁葱葱，燕子呢喃，是窗前爱着的风景。

胡同左边是个吊炉烧饼铺，远近闻名，打烧饼的老爷子高而清瘦，干净利落，最喜欢看他一撬架棒，吊炉锅盖缓缓升起，热气腾腾的大烧饼都白白胖胖翘起了胸脯，老爷子麻利地铲到小圆簸箕里，一会儿工夫都被人买走了。看上一眼若是不香脆脆地咬上一口，一天都会想念，常有人专门走很远的路买上十几个带走呢。老爷子有个俊俏的孙女，高挑儿丰满，黑亮秀发，红唇微启，忙前忙后，更比这烧饼诱人。

胡同右边是块宣传黑板，花里胡哨地贴满了广告，里屋住着个独居的奶奶，满头白发，性格爽朗，说话一向绘声绘色，不经意溜过门前就是一篇新《武林外传》："我那小重孙女，刚放到热乎乎的新被子上，就哗啦啦尿湿一大摊，我抡起手来照小屁股就是一大巴掌，五个大手印子呀，哇哇大哭，嘿，长记性，以后再也没尿过床！"好厉害的葵花掌。

开门，对面总是略上年纪的大妈在忙碌，上上下下收拾得清清爽爽，黄昏时分做好了饭菜，便倚门悠然地抽烟，等女儿女婿回家，那姿态不无优雅。外孙女正在院中极有感情地朗诵一首诗，整条胡同都跟着平平仄仄，抑扬顿挫。

东邻的门口原来常站着一个浓妆鬈发的少妇，在这古朴的胡同也颇新鲜了，一面浅笑，一面看儿子在胡同里跑来跑去，待屋里传出开饭了，拉起儿子掩门而去，发上的香气还散在潮湿的空中。不知何时，艳丽的少妇不见了，代之而来是位微胖的大姐，天生的伶俐口才，往桌上一坐侃起来，十个小二黑也是截不住的，开心大笑时，全身都一起颤动着惬意，骂起丈夫来也是声震小巷，整条胡同都跟着颤抖。

留存的记忆汇成满树摇曳的果实，摘下哪一个尝尝，都是有滋有味，有声有色。胡同生活就像大杂院，彼此墙挨墙院挨院，停电的夜晚，在自家敲盆敲碗痛快地开个音乐会，第二天全胡同都夸你"挺能整"；你家打个喷嚏，隔壁就有震动，东家麻将，西家也声声不停；闲坐院中藤椅，赏月品茶，听听阿婆阿嫂在过道上家长里短，又是多么意趣盎然。

忆　往

我所居的小院，是早先婆婆一家生活的地方，说起邻居间的亲密，时常让我感动和羡慕，我生在乡村，就喜欢那种敞门说话、热热闹闹过着的日子。婆婆是老师，每天都很忙，要生我的小姑子了，还在冰凉的水管子下洗衣服，剧痛袭来大喊张奶奶，邻居呼啦啦来了好几个，一阵忙乱，粉团团的女娃已暖暖地包裹好，躺在婆婆身边了，竟没有老公什么事！想我们这辈，年轻人和邻居相处多是淡淡的表面客气，推心置腹的交往早已可望而不可即了。

婆婆小时候，这里就是大杂院。早已过世的姥爷曾是市里闻名的教书先生，被称为"活词典"，德高望重，本是山西霍州人，为躲避连年的战乱，率众家老小一路仓皇逃亡，经由北京，最后落户于热河皇城根儿迎水坝大杂院中。温情的梨花院落，都是各处逃亡过来的人，操不同口音，有不同的生活习惯，但彼此和睦。上海的阿婆跟随儿子千里而来，吃穿用度一向精致小巧，极为讲究，虽然生活贫苦，还是大上海的小女人味，"阿拉"一开口，大家都欢喜地听着。那"高丽女人"也是标致的美人，一定是为了爱情远嫁而来，我见到时她已五六十岁了，还白白净净风韵犹存，一副幸福的样子，慢悠悠的话语格外动听。

有幸落住皇城根儿，时时可以享受它的滋润。热河泉清凌凌地流出宫墙，流过古朴小巧的石桥奔向武烈河。那桥原是清代所建单孔石桥，真正的小桥流水人家，枯藤老树昏鸦，乡野味道十足。姥爷当年常挂着拐棍伫立桥头，向孩子们归家的方向久久张望，夕阳西下，清瘦的身影就是一幅诗画：独立小桥风满袖，平林新月人归后。

桥前一排石坝截住欢畅的流水，这也是迎水坝名字的由来。清澈的河滩，任谁走过都想停下来抚弄一会儿。女人们洗衣、聊天，笑声不断；孩子们摸鱼扪虾，热了就脱光光下河洗澡，扑腾拍打，不亦乐乎。

大杂院的孩子们还有许多高兴的事呢，比如听俺家的二舅讲故事，孩子们坐着板凳围成一圈，讲者眉飞色舞，听者成了呆雁，二妮子的鼻涕虫长长地流到嘴边还不知晓，最后生生地又全吸了回去。二舅讲完故事，再把孩子们一个个拉过来剃头，像收拾西瓜一样痛快过瘾。孩子们就近上学，挨着宫墙外日本侵华时建的一溜木板房，是工农兵学校，上课时老师稍不注意，便有淘气的孩子溜出后门，转身翻过破损的宫墙捉鱼打鸟去；或者去攀爬德汇门东侧俄罗斯人留下的纪念碑，乐此不疲，至于上课，早忘儿霄了。

后来，小石桥拆掉建成现在的大石桥了，纪念碑、木板房被拆掉了，那些老人也带着各自的音容笑貌与传奇故事，消失在淡淡霉味的胡同里。再后来，大杂院没了，盖起了一排排平房。婆婆住进去了，我的夫君咿呀呀出生了，二十几年后，我的女儿也唱着同一首歌生在同一小院，一家人栖居在诗意的皇城根儿。

暗　香

与离宫这么近，出门，跨过小桥流水，便踏进它的曲苑回廊，余秋雨曾说它"是钟情而羞涩的玫瑰"，那么轻轻一嗅，该是暗香浮动了。

我常称离宫为"我家的园子"，多的是曲径通幽，花木深深。闲了就漫步青砖路，看冰冻的水波渐暖渐柔，岸边的古柳抽丝染绿，再花红万点，再游人众多，再渐渐失去了兴味，直到一池夏荷满满地开着清凉与喜悦。我会约几个好友在幽深的蝴蝶谷随性待上一天，密林间透过细碎的阳光，暖暖地流泻着慵懒，倾听万千蝶语，嗅着青草野花，这时便微醺了，此时是个幸福的人。

一转身，就是山庄那股清灵之气，一回眸，就是凝重的宫殿楼阁，一枝绿柳妩媚地斜出飞檐，好不惬意。梁间燕子快乐地飞去掠来，没有盛衰兴亡的慨叹，逝去的记忆与灿烂的生机同在。

小院就要拆了。先成一片瓦砾，再变成绿草茵茵，再把许多的回味镶嵌到绿色的梦里。如果说整座山庄是一束钟情的玫瑰，这些环绕宫墙的芳草地就是系住玫瑰的绿色缎带，如此，偌大的山庄其实也盈盈在握，香浸满怀了。

我恋我的小家，但我真心地期待这一片棚户早日芳草连天，香远益清。我们曾在皇城根儿下居住，从早到晚沐浴它的光风霁月，梦里也衣裙飘飘，踩厚重的木屐，踏过东宫遗址，穿行水心榭，歇脚在月色江声……足够了。但我要留住它最后的倩影。

于是我拍了一张特殊意义的照片：微雨，胡同里，小院墙外，我低头抚摸着砖壁，仿佛凝神嗅着那些未及散去的暗香，谛听未来新世界的美妙谐音。

一天一朵梅花

昨晚大风狂飙一夜，有上千脸谱在窗外吼叫，哇呀呀呀，且随它闹去，毕竟，这是它最后一卷重描。闭门即是溪山。浅读董桥《记得》，亦有许多人事涌上来，思量一会儿，赶紧睡了。夜得一梦：冰雪消融，独自攀至高处，轻松推倒一座几化的雪山，机车隆隆翻挑土地，露出层层新泥，若青草之气。

不用查日历，今日九九最后一天。起床，磨墨，铺开旧纸，画"九九消寒图"最后一朵梅。重彩勾描，刻意画了九瓣，标注九九第九天。窗外阳光晴好，果真是暖了。

一冬就是这样过来了，真是一天天过来的。八十一天，原想多么漫长，却是八十一朵梅花开放的时间。每天都有一朵梅花要开，冷香暗递，如此心神俱清，哪天能平庸？

明朝开始盛行的"九九消寒图"，本有好多样式，比较趣味的有两种。一种双钩描红书法"亭前垂柳珍重待春风"。繁体，九字，每字九画，从冬至算起每天按照笔顺填充一笔，一九一字，九九之后消寒图成，冬尽春来，好不畅快。

另一种强调美意。刘侗、于奕正《帝京景物略·春场》："日冬至，画素梅一枝，为瓣八十有一，日染一瓣，瓣尽而九九出，则春深矣，曰九九消寒图。"

写上九字到底有些寂寥，画九瓣九朵梅又嫌单调，一天画一朵梅花尚好。清晨帘幕卷轻霜。自2011年12月22日冬至起，与欧阳修大叔一起呵手试梅妆，诉衷情。

取李笠翁《芥子园画谱》梅花画法，双钩梅花，初时不过临描，生硬，齐整，像蹩脚的手工，后来便有些自由了。竹炉汤沸火初红，新醅绿酒尝梅花。

> 一口一口呷着
> 又一盏美人新宿，樱红了脸
> 风穿破窗，九个九个地退远了
> 我的脚尖，点在嫩芽之上

一日阿婆来，看到一卷梅朵：呀，真会坑，以后也画梅去，天天窝在床上玩纸牌早腻了。不是我会玩，是古人兴致高，长夜无聊，有茶有酒，红袖添香，偏不足，打发梅花月亮做伴，端的是天下无雪了。

画好的素梅若用胭脂来涂，又是一番佳境。"佳人晓妆，日以胭脂图一圈，八十一圈既足，变作杏花"。低头看自己的消寒梅花图，似有杏花芳香了。

雅得离了谱，却记得了许多俗事。如元旦日是腊八，忘了买八宝粥，早起寻遍瓶瓶罐罐，大米小米紫米黑米玉米，大豆红豆绿豆蚕豆麻小豆，杏仁花生仁核桃仁栗子莲子瓜子仁，杂在一处熬啊熬，香透了。大寒日是除夕，特记打油诗："窗花透出新红，是谁搬来秋枫，甩甩袖子落座，再上一盏茶盅。大寒有点冷清，炮声偶尔叮咚，唏嘘路上行人，幸福不知几重。"接着数朵红梅艳了又艳，母亲和姐弟们在我家过大年，继续打油："正襟站稳灶台，小露一手酷呆，煎炒烹炸凉拌，端出七碟八碗。"长沙发上坐满了亲人，打牌看电视，孩子跑来跑去，只觉幼时的大家族年景又回来了，心中快活，唯少了父亲。初九便是父亲生日，我们特意包三鲜饺子，替父亲吃了一回酒。这一日的梅花便也点了红。

立春也是重瓣梅花，南方一朋友问："打春，打哪呢？"呵，我晕了一整天。2月15、16日分别是小填仓大填仓，我同母亲认真祈祷五谷丰收。雨水那天，梅花忽然成了墨猪。而惊蛰的梅花怎么看都是美人鲜亮的红唇。那日大雪，恰是闺蜜生日，一行人围炉造酒，一大抱玫瑰，八瓶二锅头，熏得人人都成梅花仙。

一天一朵梅花，便是春光些子破的惊喜。日日是好日，时时是好时。

想着夏至若到，定要步步莲花的。

春风喊你去梳妆

任何时候对美好的事物都不要松开手。

原本已放弃今年的春天了。但偶然过街，谁家墙里一树的白蔷薇瀑布般泼出来，生生截住了我，艳阳下，拖及脚面的蓝袍子和刺绣花包，都有掩不住的欢悦，仿佛一声喝："春风喊你去梳妆！"

若不是这一树蔷薇，整条街都是寂寞，若不是我撞着它，我就认定今年的春天是翻版的。

三月初，微信里的江南一城一城的花事，桃杏李梨木棉海棠杜鹃油菜花郁金香，一树一树的琉璃盅琥珀浓，小槽酒滴珍珠红，不断欢呼遥远的花枝，像邻家有喜事，自己也沾着喜，回头冷桌冷凳也无妨。但终于疲倦。

到自己的北方四月花开，天又忽冷，甚而下雪，结冰，花开得不冷不热，不惊不艳，愣没了观花兴致。像期待已久的事情提前曝光；我的苹果被别人咬了一口；新的旧衣，有人穿过；我的日子，被别人过旧了。明明初春，倒像春尽，它碰伤了神经，抽走了快乐，令感觉十分混乱。

始知一惊一乍的欢喜是一种情感需要，眼睛和味蕾更渴望真实的刺激。

而手机商们正在研究图片上的花朵能释放该花朵的气息，你们想干啥？要带人们去哪儿玩？我真怀疑，这又是个陷阱，是不是幸福感也能制造出一种气味来代替？手机里的内容越丰富越逼真，对人的损害越深。虚幻更容易造成诱惑深陷于假象。被假象迷惑，更滋生惰性，产生自我安慰，那片真实的泥土，辽阔的自然呢，只会越来越远。因为手机图书馆，放弃了纸书；因为图片上香气的花朵，我们会放弃一棵开花的树；因为手机里泉水叮咚，我们会放弃奔腾的河流。最后一部分人模拟自然，给另一部分人看，人与自然一拍两散。对陌生的事物，你会关爱它的样子它的成长吗？我感到一种荒凉的逼迫。

她说，要用梭罗的水来滋养日子。自己身边的水不行吗？自己挖一眼泉不行吗？自己用鲜果皮做酵素养一湾碧水不行吗？为什么我们总想用远水来解近渴？梭罗死了，瓦尔登湖早没了，植物去旅行了，而我们在，身边有山有水，怎么舍不得时光去站一站，爱一爱，甘愿别人的十里春风欺骗自己的指尖？

春天来没来只是衣服的变化，甚至连衣服的变化也不存在，多么可悲。没时间看花就同没时间看书是一个样子，都是选择。用远处的水和用近处的水解渴都是选择，却不一样。

且还说花。很多花虚张声势，有头没尾。花褪残红青杏小，是一种希望状态。花开了门，果实走进屋去，坐床，像新媳妇。

还要春风以柳条鞭打，喊："擀面杖，敲门框，丫头小子养一炕。"

果树的孕育轰轰烈烈，更欣喜的事情则是低暗的，里面的，不为人知的。重帘垂下，于花是圆满，就可以坦然落，寂然忘，闭目养果。这正与人相反，羞涩地孕育，轰轰烈烈地成长。

果实的秘密就是心的秘密，果实留有缝隙就会蛀虫，就会引进毒，心留有缝隙就会进入坏思想，就必有刀伸进来割除。果实必须专注，警惕，长密密的细胞，努力丰盈，但不冲破果皮。它就是可靠的，没有诟病，不制造麻烦。看见果实你就看见自己了，看见自己就知道果实的小心翼翼。

果实被人吃掉，人被土吃掉，人不像种子，能再长出从前的人生。人的一生太累，一旦安息再不想起来，就是起来，也要变个法活着，坟旁边的树，或者玉米，就是他。你听听树上的乌鸦或飞过玉米梢的麻雀，就知道转世的秘密了。

只因春风那一嗓子。

活八十岁，也只有八十个春天，一会儿就数到头了。所以再好的春天也需要埋头做事，像种子必须深入土里，这样的春日，才是耗子拖木锨——大头在后面。

我惦记清明种的菜与花，梦里看到它们横生竖长，电话里却听老妈抱怨，一直没下雨，还刮大风，什么都没长出来。这么严峻。其实每年这个时候都严峻，可是翻开春天的诗，看去吧，都那么深刻美好，少有提到一颗种子的挣扎。种子下到土里很为难，芽出也不是不出也不是，出了一半的干死了，风刮死了，一场冰雹雨打死了，冻死了。不出吧，还有那么一点点水，胀得生疼。认识到出来的危险，忍住不出的，又遭主人担忧或咒骂。只有强大的种子才能躲过种种劫难，日暖风晴湿雨天，兴致勃勃在垄间画眉。

诗人赞美的是理想化的农历，庄稼的事，只有庄稼人在意，粮食的事只有粮农在意。我有个村庄，老妈有一亩三分地儿，我必须指向地里，祈祷。城市粼粼的水波，快偷渡到我的村庄，节省下一盆一碗的水，快托一只鸟衔给地上的一芽玉米。

或许春天自有安排，春天也早安排了我。我要相信它，在雨水到来之前，安心梳妆，等它隔着窗一声喝。

那么寸，晚间就下雨了，二三指厚啊，轮到我家蔷薇嘚瑟春风里了！

金枝玉叶

冬日萧冷，摄友在微信上发一组避暑山庄枯荷照，赢得惊赞。冰面蓝中透紫，枯荷黄里掺红，花才开苞状，叶是百褶裙，莲蓬尚簪着籽实，光色又老又美，<u>丝丝络络是深宅里孤独又傲然的闺阁气</u>，照一照菱花镜，回看沧桑小影。

一玩家心动了，翌日进宫把枯荷采回家，一叶一花一蓬，插于青花瓷瓶，置老榆木桌上，"柳瘦于骨，山容萧然"，乃成案头清玩。它谢了粉红，它子房空空，它在陋室，它枯荣任人凭吊了。这下不得了，一群资深文青搂柴火一样进园扫荡，案头各种瓷瓶光影。我待要去，一片抱膀的笑声："毛都没了，等明年吧。"这枯荷成了金枝玉叶吗？晚间扑掉一身雪花进门，桌上嘭然一瓶大荷。对我等眷恋枯荷表示不屑的那个人，迎着朔风飞雪走了半个山庄，过东湖，观莲所，烟雨楼，到底寻了几枝陶醉。

枯荷深不可测。下凡的仙女原是村姑面孔，纵情疏朗，随你折取亦遭轻贱，也会遇着牛郎过哭笑人生。栩栩如生而无声息，是真凋零。而那叶子着实可敬，花开时，盘心朝上呈托举之态，秋来，叶盘倾过脸学那向日葵，任黄星撒点，铺一场声势浩大的漂亮，才是自己。

枯荷是荷的写意。枯比残要好。残太刺眼，有破败之象，残山剩水，不忍看。枯是风干，褪色，收紧经脉，还是它。枯可逢春，枯藤老树昏鸦，后面跟着小桥流水人家，有暖。故枯荷亦是荷的脚印、荷的名声，有抛不开的书卷气。

偶有一天宠爱枯荷寻雅，不算矫情却还是勉强。李义山隔着重重城郭，秋云厚，霜飞晚，雨就要来了，为那样浓的相思作衬，"留得枯荷听雨声"才恰好，怎如元好问"骤雨打新荷"，且酩酊，任他两轮日月，来往如梭，美得青翠自然。唯其与枯冬束缚的人彼此安慰，遥想青枝红颜，于浑浊中透会清气，才是真的。

到底是一群有情的人在，这世间少了些枯萎。

但你到乡间去，拾那残荷玩，定以为吃饱了撑的，如我老妈乡间小道拾玉米秸——残禾，煮饭烧炕实用，才是美的。

秋天地里的玉米秸拉回村庄，堆在河滩或山坡上，是养驴的人家。早晨去东山上跑步，最鲜的太阳穿过我泼向村庄，大堆棒秸如同金字塔样，三两头驴驮着三两只灰喜鹊，悠然撕扯着嫩玉米梗叶，把粗硬的光秆踢开。一冬一春嚼了多少，没人跟它算账，但我妈心里有数。每天她蹒跚着散步去，将乱横的秸秆拾在一处小绳捆之，背回家。这一是活动胳膊腿儿，不能老枯坐着。二是有自食其力之感，房后自留山上有大片刺槐，两年一砍，堆满柴房，老妈拾秸兴趣仍然高涨。秸垛堆高了，很有成就，且好烧，不燎人，遗灰少。三是帮了驴主人的忙，秆多了挡路也要收拾。几个老太太加入拾秸队伍，腿脚好点的上小梁，河滩上的就留给我妈。我妈越捡越兴奋，捆大了背不动，路上谁见了都会帮她带回小院。

这个活计能从初冬一直干到春耕，驴子强烈要求上山啃青为止。"再过几天就没得可捡了。"我妈望着生有稀拉青草和扁猪芽的河滩，很寥落地说。这都是因为有个老屋，有这么一铺土炕，一口铁锅，能用上秸秆，能在初冬未生炉子前扒上一盆火，惺忪梦呓几句旧事。无需刻意，窗外即是溪山。

乡间还是养人，能平静做着事情，就是好活。老妈去年七十三岁，根深蒂固地迷信，七十三、八十四，阎王不请自己去，身体有点风吹草动就说过不去了云云，赖巴巴熬过了年，又从城里搬回老屋，种菜种花，一个人的大院颇敞亮，果见释然，硬朗起来。待灶上住了烟，枣树下摆了小榆木桌子，一碟芥丝，一碟黄瓜，两碗红豆粥，桌下蚂蚁三四个，黄花地丁二枚，燕子翼一朵，淡嚼闲谈，黄昏就下来了。我妈拎着马扎说声，出去溜达了，踱步花墙，出菜园出柴门，真好。

拾荷与拾禾，无用还是有用，最终的结果都是愉悦身心，都是美的。列维坦为什么喜欢画枯草垛，他忧郁的心结犹如昏黄的冬日原野，蕴藏着留恋，希望的种子，他拾得的是枯草下面真实的大地。草垛后面，有驴子，有妇人，有炊烟，那样安详的小景才是真正的金枝玉叶。然而满世界的村庄迅速枯萎，谁能宠爱枯荷一样怜悯回没落的村庄？毕竟得一池荷易，兴一个朴素的村庄难了。打量世间还有许多正在枯萎的事儿，比如孝道、尊师、信任，这世界真真需要有情人，伸出挽救的手。

城里的瓦尔登湖

我在村庄，大门洞石头上乘凉。门口是菜园，左侧是玉米，右侧也是玉米，前边延伸的还是玉米。我不顺着窄窄的小径走出去，没有人能看得见我。这更像一个环闭的小屋，为我而暂布的空间。

火燕低弄着迷人的大提琴曲，长翅黑蚁把我的脚踝当成不错的吉他，母鸡的双簧管来得大胆而热烈，甩下一枚透红的蛋，咯咯嗒地扭着肥臀，钻进马莲丛了，仿佛音乐和人影消失在天鹅绒的幕后。喝冰凉的山泉水，摘簇新的黄瓜，边吃边发呆，间看几页《追忆似水年华》，在普鲁斯特缜密而舒服的花朵里穿行，像蜜蜂吸食如胶似漆的芬芳。

忽然就想起一个城里的小屋，一个叫罗兰咖啡的地方，像荒漠偶遇的一泓清泉，从每个角落自然流泻冰津津的汁液。

夜蜷曲在壁炉边

一杯咖啡吐出芬芳的舌尖

　　新磨的咖啡端出来，芬芳如胶似漆，像穿过舒服而缜密的花朵的蜜蜂，深陷一段午后旧时光的金粉里。而音乐和书籍的青纱帐从四面八方包抄过来，人像一首提琴曲上低叫的火燕，像吉他上狂舞的长翅黑蚁，像双簧管上滚动的一枚透红的蛋壳。许多人看见你，但猜不出里面橘黄的涌动。倚着一堵精心垒就的砖墙，桌前一小丛绿色，就是倚着一个百年的老门，面对一棵结满金黄杏子的老树。静美，安心，隔世。水泥森林中深藏的小径，小径尽处的瓦尔登湖。

　　　所有的栅栏自行撤走
　　　任由一把液态的锄头锄来锄去

　　玉米再外是杨树林，羊倌怒冲冲拽着一只调皮的羊的角拖着走，羊使劲咩咩，终于自由了，乖乖奔跑着进入队伍。断续的河水，一群开会的鸭子弄不清该往哪头进军。榆树底下，观棋的哥们儿实在忍不住，伸手替主人动了一个棋子，不曾急眼吵起架来。学步的小孩，九十的老妪，各自不语或笑。一个酒醉的青年趔趄着歪过来，在年轻的媳妇面前招猫逗狗，女人们使个眼色一哄而上，抬胳膊拎腿一二三，扔到河里喂鸭子了。她们叉着腰哈哈大笑，像杯里的咖啡不断涌出兴奋的泡沫。

　　简单的快乐。在付出艰辛的劳动之后到庄稼成熟之前，唯一的事情就是充分享受闲的乐趣。那么富足奢华的空气，缀着蜜腺的光阴，一波一波清鲜的活水，城里的人简单不起，放不下的太多。我来到大树底下，祈望和他们不分彼此，仿佛同饮着一杯浓酽的咖啡，在咖啡的多宝槅窗子里，一定能抓住夏日间所有清静的繁华。

　　微风鸣叫。
　　稻草人站在星光下的田埂
　　冰凉的果实碰到了指尖

点 红

除 旧

"十五十六正当春。"

开始除旧了，糊窗户、扫炕、晒被褥一同进行。被褥枕头全搬出屋，摞在墙头上，用干净树枝敲打，晒到蓬起来，有太阳味。便仿佛是新的了。

撕掉旧窗纸，透出院里苹果梨的青枝。扫掉窗棂上积了一年的细尘，满炕的纸屑和生土味。苇子编的炕席也要卷起来拿到墙头上敲打，再扫净席下尘土杂物。之后干干净净糊窗户。外屋门头窗一定要糊上新鲜的粉红纸，烧火时烟气儿飞上去也是粉红的，有氤氲的喜气。

这过程父亲不太高兴，有哮喘病怕冷。母亲在灶前偶尔回应父亲的唠叨。然而到底是要过年了，笑容渐渐多起来。

糊墙多用旧报纸，虽然黑些，好歹能压压尘土，屋里也是亮的。顶棚高，父亲踩在高脚桌上。后来都是哥来干。高脚桌裂了缝也不稳，黑乎乎用了很多年，后来一个懂收藏的朋友说，那可是个老玩意儿，清中期就流行，桌腿是圆的，吃饭上菜的小八仙桌，也叫"肴桌"，千万不要劈了烧火。

厨房则用"大白"，姐姐从山上挖回来的白土，煮成白浆刷墙，烟熏火燎的黑屋子顿时也亮堂堂。我后来在云南傣家木楼上看到，他们厨房与卧室不做隔断，头顶望去乌黑一片。概因空气潮湿，虫草茂盛，为防止虫子进来，故意让烟火熏得黑亮。自此我对烟火又有一层认识了，一眼望到灶上的火光，真真就是烟火人间。

满屋都是白的新的了，晚饭就吃得格外高兴。窗花和年画要等快过年时候再贴，不然又旧了。

除旧除的是灰尘，若把内心的灰尘也跟着敲走，人也是新的了。老房子到现在还是一样地除旧，新建的房子一砖到顶红瓦白墙大玻璃，里面多放了床，留一小面炕，偶尔找感觉。糊窗糊墙的活早不用了。

迎　新

家家都贴上春联挂旗儿，村庄立时从灰暗与枯黄中翻身坐起来，仿佛慵懒的女儿家突然高兴，对镜梳妆，给乌黑的发上涂了桂花油，插了亮丽的发簪，又搽了胭脂水粉。有香有色，看着就欢欣。

我家又是最红火的，人来人去，满屋墨香，处处是尚未干燥的对联，写好的就卷好捆扎，给送走。这事快活。

某家不会写对联又懒于求人，裁好的红纸上随意画上些道道，也贴了出去，只为红火，吉祥的意思表达了，谁爱笑谁笑。

有的村则流传一些春联趣事。有人家不识字，愣把"肥猪满圈"贴在大门横批上，拜年的进门，都要笑岔气儿了。

有人家墙上高高地贴"抬头见喜"，贴了一年要换新的，才看清，原来是"抬门见喜"。大笑。大概是把"抬头见喜"和"出门见喜"合二为一了。

城里的媳妇来了，看不习惯家家贴春联。

"干吗非得年年贴春联，看着就麻烦。"

"家家都贴，咱家也得贴。老辈子传下来的，哪能变。"

"咱家就不贴，看能咋地。"

"当然不能咋地。谁家有人去世了，才不贴春联的。"

不贴春联，还能叫过年？"红火"一词打哪来的，还不就是这些火红的春联，缤纷的挂旗儿。家家有如红杏枝头闹春，父亲和哥哥则是创造这份喜气的秀才了。

现在四处都有印好的对联，家户也不缺这几个钱，都是大门楼，买来的春联也气派，又不用求人。唯我老家还是石头墙，柴门老院，还是哥哥写春联。城里的朋友过年来了，走一圈说，还是老房子更有味道。老红火了。

年　画

买画都叫"接画"，很少接"四君子"和"岁寒三友"，要喜庆的热闹的世俗的，最最重要的颜色必须鲜艳，最好人人抱条通红的大鲤鱼推个装钱的车种棵摇钱树来，"年年有余""招财进宝""吉祥如意"的画家家必有。

新画一来，人挤人跟疯抢一样。接了好画，喜庆好像跟着画回家了。我在人堆里抢过四大古典美人剧照，真漂亮，自然贵些。大家都喜戏曲四联剧照，印象最深是《铁弓缘》片段："乌吐水，乏茶叶，欺负大爷我没喝过茶是怎的？"还有："某盔某甲一小将，为何冒名王福刚？"秀英穿上大红袄顶着红盖头憧憬嫁人，美极了。

奶奶的小草屋都是老画，《毛主席去安源》《背着书包上学校》《丰收的喜悦》，老爷爷抱着黄澄澄的谷穗笑得很开心。有了新画，它就贴在门上，再笑一年。

旧画也大有用途。先选好的图案包书皮，课本很贵重，包书皮这个过程就郑重。摊一炕书画，剪裁包折，把最好的人头或花朵露在封面上，这也是艺术活，所谓穷开心。特对心思的图案要剪下来收藏。

新贴的年画，这一年中间不能摘下来，据说摘了不吉利，所以都张贴得紧密结实。平时也是爱护，角都不损的。

我喜欢杨柳青年画，后来自己的小家住平房还买画，也为了遮去墙壁滋生的霉斑。长幅年画，纸颇厚，一张是梳着发髻的娃娃们拔萝卜，红萝翠叶粉脸红兜兜，无一处不喜欢，就要这俗气。一张是山水写意名画，录的张旭《桃花溪》："隐隐飞桥隔野烟，石矶西畔问渔船。桃花尽日随流水，洞在青溪何处边。"

初一大拜年，除了问候外，都要品评谁家的年画好。这家人气就高。

鞭　炮

爆竹声中一岁除，不放炮何来除旧年。好好放几炮，崩崩穷气，驱个邪气，散散晦气，去个病根，好运就来了。

弟弟把炮藏在鸡窝里，早晨起来不见了，大哭，原来被西舍哑巴的两个男孩鼓捣去了，两家共用一堵墙，那孩子把墙凿个窟窿把炮顺过去了。他们家从来没有炮仗放。

二叔家放炮想出个幺蛾子，把炮放在酒瓶里点燃，手和玻璃都崩坏了。他立刻放出话来：儿童千万不要模仿！

一方水土一方风俗，养育一方人的精气神。静悄悄不是年，不红红火火地折腾下不是年。弄个两千响五千响的，在门外墙头高挑起来，放！

窗　花

母亲是腾不出手来干这细活的，先是姐，后来年年都是我贴窗花。

窗户上飞起了枝枝朵朵，还停着蝶鸟鱼虫，嵌着双喜字、福字，或成联的喜鹊登梅、欢度新春、吉祥如意等，红红绿绿，看去真有老梅的范儿。贴窗花时心情好得像春天。

有的线条粗糙色浅，不"碎活"，价格便宜，只图个新鲜。有的则细致，看得出画的意境来。有的人家窗格大，就有大号的窗花来配，要山得山要水有水，真可以贴出气魄来。

舅舅是上好的木匠，他家的窗户就不同。四边均匀小格，中间菱形或多宝槅，每一格贴上各色剪纸窗花，像书房多宝槅橱子上放置了精巧的木雕瓷器一样，活泼又凝重，甚有古意。那些窗花简洁为一只蝶、一对蜻蜓，生动有趣，爱死了。

我与舅妈学剪纸，糊窗剩下的粉纸红纸就给了我创造，大概能剪个蝴蝶，或一朵小花，于是我家窗户上就出现了笨拙的花朵和肥硕的蝴蝶。蝴蝶的灯笼也像一朵花，母亲说挺好。

我因而格外喜欢木格子窗，这样的窗前尝试"共剪西窗烛"，刺绣读书，才有恍惚来世今生的意趣与遥念。

母亲总说我过年也不穿点新鲜衣服，我便买了一件粉红色毛衣，专门为母亲穿，喜庆。母亲那个时代都是灰、蓝、黑，老了更偏爱新鲜，衣料或被面床单，甚至袜子都是极艳的色彩。

阳光明亮，我在玻璃上贴大红的剪纸福字。窗台有红辣椒，黄玉米，窗外是矮墙疏篱，杏树上系了红飘带，背景是柴门，安静的杨树，南山葱郁的松。女儿按动快门，留下小窗新年最好的记忆：村姑与窗花。

点 红

"二十八，把面发。"

发面蒸馒头，过去有面引子。中午，湿面仿佛刚发芽的秧苗猛蹿起来，欲顶开盖顶。发大了，像一树花开，预示新年的日子顺利发财。

揉碱这活儿，母亲似乎没有信心，做个小面团放火里烧，一会儿熟了，掰开看丝窝大小，这个小馒头就是孩子的头道点心了。

豆沙馅要把红色的芸豆、红小豆炒熟压成面，过细罗筛，加糖精水调匀，味道也是甜的。

我尤其喜欢点红这活儿。写春联裁掉的红纸撕碎成末，酒盅里加水浸泡，一刻钟水红了就可以操作。拿高粱茎秆里面软硬兼备的白瓤，蘸上红水点在每个揉好的馒头上。一般一个就好了，我偏要点成一朵梅花的样子，开在雪白的馒头上，是温暖的时光。

点红，多好的词，像点睛一样，点上去，东西便活了，鲜了，有喜气了。

三分地的朝圣

冬绷不住了，弩张的箭梢终于收住了飒飒的风声，匍匐于大地。大地还皱着眉头，不能平息对付严寒而耸起的鸡皮疙瘩，树枝亦警觉地张开手指，试探天空的蓝脾气。万物继续收敛，但其实，它们和人一样有心计，比季节站得高远，沟沟汊汊都听着风声，做着打算。"在世界的冬天准备果实的成熟。"我七十六岁的老妈绝不落后，春节一过就布置院里的三分地，种白棒子烧着吃，黄棒子养俩小鸡，再种五垄高粱扎三把炊帚钉个小盖顶。

我说咱们多多种花，走哪哪开，蹲下站起来都碰着花，一旦摔跟头有花扶着。她不干，多种菜好不。也是，马铃薯花一片雪白很壮观，西葫芦花挺在阔大叶子上有清荷之韵，就是不当花。我沿墙根开辟了一条花地，老妈赶紧又种了一圈玉米挂了豆角，才满意。

嫌鸟踩疼了它，一枝树梢拱着嘴唇吱了一声，恰好被路过胡同的黄母牛听见了，它朝石墙上架着的老杏树一努头，大概想起

35

什么旧忆，眨着大核桃眼哞叫。小牛犊赶紧跟了几步娇喃，后面几头黑公牛附和着哼哈。它们有锦缎的毛衣，尊贵的传承，代表了当年一河滩的牛，一大东坡的牛，代表暮色炊烟里，家家为牛敞开的大门和吆喝声。村里最后的一群牛，由着黑塔样的孙家大叔赶过来，也指明了他家有大堆的牛粪，他家还会晃悠悠地赶上牛车给地送粪，他家的三十亩玉米谷子必须纯良好吃。

我妈早听声了，拎着烧火棍挪到墙根儿，三下五除二跟大叔讨论了天气小牛，以及送粪种地的大事，又敲定了要他家两挑牛粪种菜的小事。牛不管这些屁事，踱着方步前进。牛觉出了大地深处根的萌动，闻到了稀薄的青草味，是风千里万里捎来的。

风更像牛的脚步，四条腿不紧不慢，只踩自己的点，抽一鞭子，无非拱拱头，哪来哪去，何起何落，自己懂得，脚下从来不乱。乱的是人心，两扇嘴皮子一撇一捺，一惊一乍，天上的就掉地下了，地下的就没影了，没影的又被风揪出来了，在河边与胡同溜边哨。安静的村庄从来没静过，像小媳妇的心眼儿，压根儿一直冒泉水，咕嘟咕嘟的青春。我目送牛走过墙外，确切地说，早晨六点钟，我家长方形菜园子墙外，开始稳住乱奔的心蹄了。

牛把人引向村庄，地把人引向深处。打今儿起，我的牛皮鼓就支在这里，燕山北部尾巴尖上的三分地，大地一个珍贵的细胞。我将为园子里的生灵击鼓念经，为偶然闯进来的外客致欢迎词，这块地上所有的一切都是我的友朋，可享用我的汗水和眷顾。但除了庄稼蔬果外，我暂时不知道它还会奉献什么。这是个谜。

风扯出来的

　　村里几十年都只有一两棵榆树，当街胡同光溜溜，料不到有一年春笋般冒出无数的小榆毛子，这是托的哪阵风，把哪个山头上哪棵榆树的钱儿大把大把地刮进村儿，迅速占领了房前屋后？菜园里的拔除了，墙外相当多的小榆树，按等距留下数十棵，几年工夫就成半大小伙子，成排伫立纳凉了。假如没有人住，村庄很快就是榆树的天下。

　　在村庄，你把握不住风向。只看沙土、种子、树叶、榆钱、蒲公英，往哪飘，往哪落，每个季节都有标志。味道打哪来，风就在哪。风是无根的树，无根的水，有风，你就不迷失了。到山坡上就看草，草都往一面坡强势倒去，没有一根戗着来。风刮进菜园里，刮不出去，打上旋子，圈出窝子，像风婆子唱歌突然忘了词，忘了去哪，猛然驻足，愣在那儿了。

　　一片荒地，不撒种子，长得最多的是什么？母亲有两年在城里住，夏天回来时，满院都是灰灰菜，即藜，大派儿二派儿的，比草还疯。"灰灰菜，菜灰灰，你妈养了一大堆，大的会走了，二的会扭了，你妈肚子里又有了。"小时候的歌谣，说的穷生穷养，吃不饱穿不暖的菜灰色，也说这野菜的蓬勃生长力。当年孔子困在陈蔡之间，七日无食，煮藜果腹，而弦歌不误。怪道圣人尚有力气，藜富含营养，预防贫血，促进钙质吸收。我秋天刻意查看藜的种子，圆锥总状花序，小花序 400 粒，一株 20 个，约 8000 个籽，庞大密集，长满一块地，一阵风一枝花序足矣。

荒野只有人气儿压得住。人气儿是人的作品，人不在，风就可劲儿涂，或篡改一些物种的命运。

墙外的小径，两排东方亮，也就是牵牛花，日本叫"朝颜花"，红黄蓝紫那个狂野。第二年没人管，立马成为拉拉蔓的庄园，学名叫"茜草"，也叫"血见愁"，种子包裹在枝角横生的种皮里，有邪恶的狞笑。哪阵风刮来的？它吃掉了东方亮，触角还猖狂地延伸，过道越发狭小，刮伤人和衣服，蚊蚋乱扑。一周没人走，两侧很快会连起来，一个月没有人走，路就没了。三天不打，上房揭瓦，这道荒了。然而这正是野性的力量。没要你施肥管理，撒欢生长，多么美。

我向风的背影致意，它刮过就忘了，从不理会感激或责骂，不重复，不回忆，只是刮来刮去，不断创造，绝不相同。我紧张劳作，也带着风声，我是哪个黄昏、哪阵风的作品？

趁我不注意，有股子风翻墙而入，鬼针草嘘了一声。我希望它带来一颗野种子，恰好落在刚挖的坑里，希望我种豆得瓜，得稀有的花。

隔墙有人喊。榆树下站着笑眯眯的榛姑，扛着锨挂着空袋子。她的发顶竟然快秃了，当年我亲眼见她嫁进村庄，从蒙着蓝布篷的马车下来，脸红鼓鼓的，大辫子黑粗粗的，上山下地干活，山泉水一样新鲜鲜的，唱着歌就能奔向远方。我笑了，不知对她，还是对风。我细细地打量榛姑的面颊。这是会种庄稼的女人，会照顾男人会生好孩子的女人，就认玉米，谷子，殷实的种子。这是家的佐证。她是哪阵风吹来的？一落定，就扎根，扎下一炕的人，陀螺一样转，辫子没了，发际秃了，一脸的春夏秋冬，一身的车轮滚滚。风掀过她的快乐讨过她的好酒，也穿过她的哭声吵闹声，啥样的风都经过了，变形了也扯平了，剩下的就是安生。她安生，所以她种花，种满院子满当街满胡同的花，你必须穿过满胡同满当街满院子的花才能见到她。花吃了杂草，吃了荒凉，吃了平凡，吃了衰老，吃了异味。她清爽爽走出屋来，推着瘫痪多年的男人，她是金灿灿的花。这是风最好的作品。

很多家花，开着开着就没了，哪也找不到。多年后在某条街巷某家篱笆外，风再次带它回来，正惊喜，稍不注意又没了。风惯会捉迷藏，某种花消失了，不是那花没了，是那阵风没了。风带着根来，根一扎下就不走了，风立刻刮出新目标，风永远不担心丫鬟婆子不够用，但风到天涯才发现，身边只有风。

屋里灯亮起来，母亲喊我闩门。风无孔不入，门只是形式，掩上也是形式。

这土，像摸在皮肤上

　　我很卖力气挖地，深挖。土地上劳作是自我救赎，挖出杂七杂八的枝蔓，细细地切断，拍碎，暴晒，灭菌。我要像土地一样内心干净，皮肉干净，像梨花无风自落，只留果实的雏形。但我不想成为植物，固定在泥土上，我更愿意在大地上行走，像种子跟着风，拽着鸟，过有山有水的好日子，死了一生，还有一生。

　　别挖太深，蒭费劲儿的。我妈担心我累着，学堂上课的人哪有劲儿干活。我赶紧声明愿意干活，挖地使使力气就好，上课是在打仗，内涵老深了，学生闹腾，要斗智斗勇，学生跟手机较劲不搭理你，你得给自己打气，孤独地完成授课，找到台阶逃走。那状态，不让除草还得长好庄稼，得什么功夫，累草芥了。

　　挖过的地新鲜赭黄，看了高兴，茄子辣椒玉米土豆各得其所。可是挖深点还是浅点好？我忽然产生探究的想法。

　　这一查，我挖错了。土表的有机质只有薄薄一层，被翻到深处，根须扎不到位，而翻上来的少量营养土，经暴晒又丢失了。

原以为土见光是好的，杀死害虫野草和树根，但同样也杀死了真菌，和来不及跑掉的蚯蚓，而它们正是土壤的肥沃因子。一季一季这样地流失，地越种越苍白，贫血的孩子难当大任，不施肥，苗就是搁浅的船。

好土是什么味道？你到林子里，到松树下，挖开一层土就知道了。黝黑的厚厚落叶堆，盖了潮湿的小屋，里面是分解了的碎叶，更细小的叶末与土粒融合，无数的虫飞虫跑，看不见的微生物上蹿下跳，分解，松土，似乎能听得见土壤大师煎炒烹炸，还借雨水甩上十三香，腥味灿烂，就是好土的味道。谁去松树下翻耕了？土地亦能自我律动，给它时间就行了。可见生在乡村，也未必更懂得自然，最终的老师仍是自然。

这时，我才看到了朴门永续设计的理想种植模式，不施肥，不翻耕，不农药，不除草。我兴奋，学着层层盖被法养一块地：杂草剪下，保留根部，不破坏土壤的结构，利于微生物和蚯蚓活动，铺一层果皮叶子等厨余，再铺瓦楞纸或落叶，压住草根，遮光，存水。再铺一层土，浇水。这样做的时候，像是在养土地的婴儿，充满期待，不嫌繁琐。一周后，检查土壤，果皮叶子变小或不见了，腥味浓重，插孔种菜。这个法子真好，不施化肥，就是回到自然，生生不息。

不管你愿不愿意，健康的身体必须养着许多微生物，最终肉体也将依赖它们归于黄土。滥用抗生素杀死病菌，同样能杀死益菌，人最终消化紊乱，无法清理肠道，垃圾成堆。大地如同人身，农药杀死害虫，也必然杀戮土壤微生物，地会越来越板结，什么也不长。然而我们厌恶微生物，它细小，看不见，它太能扩张，它出乎意料。但人永远干不过它们，要企图消灭它们，无异于自杀，平衡是唯一的手段。

谁去平衡，谁为这些未来的恐慌事件去忧思？活在当下的理念，必少有人真正思考未来。大铲车翻山越岭碾过河流两岸，最优质的田地突然矗立了巨大烟囱，有没有问过良田上的禾苗？我深切担忧。我家那么一个深山小村庄，也狂用除草剂，一遍连三遍地打药。原来锄地的时间都去打麻将了，一身混合着青草的汗水味，变成佝偻的哈喇味。而庄稼自古就是在与野草的游击战中顽强生存的，它们相互提醒切磋技艺，深谙敌疲我打敌退我进策略，失去了掰手腕的对手，庄稼会越发丧失抗争的动力，不再硬朗，一旦野草疯了，庄稼逃得动吗？

最深的毁灭是看不见的，百足之虫，死而不僵，大地靠化肥撑着，但大地患病了。患病的土壤只能生出患病的庄稼，坏的基因只能繁衍坏的生命。产妇要坐月子，土地必须养好，等它病在骨髓，土地爷也得尖声叫着设法逃命去。说地越来越馋了，是说地害喜了。一块地裂出缝隙，多像怀孕女人没吃上那碗红烧肉，眼底生出的红线，是醒目的提示。早先粪肥不够，村庄开辟一块地，割山槐子黄芩益母草，都是上好的中药，铡碎，浇水沤粪。现在人累死饿死毒死了土地，还抱怨破地啥也不长。是人辜负了土地，最薄情的。而敦厚的土地，依然生有慈眉，拼命读取雨水、落叶、虫豸、尸骸，地就丰富了，能养活更多的生物。

地是在修行，且给人看。但大地能埋住它深邃的悲伤吗？许多人看到了，以为无力，只求远避城市，坐在山上看人类社会崩塌。但我们是可以做一些事情的。

我手脚并用挖地，脑袋瓜子翻江倒海。老妈也来翻地，我赶紧给她纠正："你把熟土都变成生地了！"挖一辈子地还挖错了？但她听我话，挖半锨，松动，不翻出来，直接拍碎，保存土壤结构和水分，省力，也不生尘。深浅适宜，亦是懂得。

　　摩托声嗒嗒响，大老远的舅家表弟来了，这个强壮的庄稼汉，立刻蹲下来，用蒲扇般的大手铺在土上，拍碎，抹平。"这土多好啊，像摸在皮肤上。"

　　一道闪电击中了我，土地是皮肤！广袤的大地即是锦缎的皮肤，如今还剩下几块完好的？高速路与我村庄隔一个山梁掠过，那里半个村庄转移了，上好的耕地被占了，村庄发了。我庄的人叹息，就差一道梁啊，再也没有机会发财了。我却庆幸，村庄保住了肌肤完整，可以继续生产玉米土豆，养育子孙。且只要肌肤尚好，消失亦不怕，无非回归了荒野，呼应自然。

根的宗教

　　根是隐遁的智者。小时候憋大河抓鱼，直接用沙土筑坝很快被冲垮了，大人说，"用带草根的土"，小伙伴立刻去河边，挖出密生着红蓼扁猪芽委陵草的大泥坨子，沙袋一样截住水了。根在，沙土就跑不了，根有强烈的探索精神，但根遇到人就没辙。

　　我挖到李子树墩了。早先挖地出汗，脱下外衣直接搭在李树枝上，立刻碎花乱撒，隔五十米也喷香，那香真是喷，蜂蝶蚊虫，吵群架似的奔舞。李子爆豆似的结，树越来越高大，在地中心，多遮地！老妈忍不了，挥起斧头砍了几个主枝。第二年李树毫不犹豫，气哼哼蹿出好多新枝。上锯，咔嘞咔嘞断掉主干。第三年它照旧试探着晃少量枝叶，再砍。第四年，什么都没了。它被锯齿的寒气吓倒了，气死了，或是转移了？

　　一棵树的消失过程，有多少挣扎和不情愿，是我妈彻底断了根的念想，饱含乳汁的母亲再找不到它的孩子，只得忍痛憋回了乳汁。树拗不过人。树把人引入村庄，有千万根须与世相争，争不过一把斧头。在荒山野岭跑太久，突然遇到杨树林，就离村庄不远了，遇到桃杏李梨，那就是人家了。果树是乡愁，果树也让人哽咽。

然而菜地仍然布满了树根，撩开地表，应该是个大地图，处处是它投出的草蛇灰线。我咔嚓挖断，很解气，再循着细根溯回挖，根逐渐变粗，且不远处就有呼应，五六条根铺张散射，藤一样粗实，牢牢地霸住一方水土，非深挖、非用斧子砍断不可。我终于替它心疼了，擀面杖那么粗也要费上几年工夫，可怜坡坎处那两棵杨树。

有根的地方就是江湖，就是一个小生物群落，根须握住示意讨好的真菌，舍出糖分，而菌带来丰厚的矿物质，它们缔结了牢固的联盟。怪不得老妈抱怨，这片地浇多少水放多少羊粪，贵贱种啥都球球蛋蛋，蔫不出溜，二妈生的。

地边不种杨树。杨树的根往深处扎，又四处扩张，占着碗里盯着锅沿的，管谁的王土啪啪甩出刺鞭，比较无赖。西墙角有棵梨树，挖到根前，也没碰到根，年年种玉米也结老大的穗。果树就比较文明，只占稳深处的江山，只搂紧自己的女人。

好谷子的根也就一拳头大，谷子很得人心。高粱的根扎得深，不怕旱，也值得炫耀。玉米的根有一锹大，要结双穗，需花点力气，当初祖先因为玉米太能吸水致地干旱差点抛弃了它。向日葵的花冠有多大，根也就蓬蓬勃勃那么大一团，葵籽就养人，但种完向日葵的地，第二年最好歇歇，如同地黄，收获后地变苦，精心养上七八年才能转甜，地黄的根就贵重，服之三年，面如桃花。

蟋蟀草的根四处抓土，七嘴八舌一堆儿，也叫"牛筋草"，如果能抠住土一齐提溜出来，很过瘾。稗草的根比谷子牢多了，叶子却极嫩易断，攥住一把才好拽出来。刺菜，也就是小蓟，叶尖上也是刺，干了更扎人。还有鸡爪草马蜂草狗尾巴草甜麻苦麻菜酸不溜，一棵谷子的根要与多少草根做斗争才能结实，一碗小米粥来得不易。

根是大地的心灵。说到底，地上的一切斗争都是地下的根在展开军事活动，彼此探寻意会，能合作绝不上刀剑，地上长着什么，地下完全不是那么回事，很奇妙。多少不屈的根静息为种子深藏，倒塌的废墟里突然怒蹿出失踪多年的植物来，是大地上最诡异的花纹。

土豆喜坡，先挑坡地种。母亲把马铃薯剜成有芽的块根，用灶膛里的草木灰裹上，这是从小见惯的，草木灰是钾肥，促进发芽，还是一味中药，老人用来治疗大骨节病，奶奶们用它泡洗衣服。灰烬也是宝，不能妄自菲薄了。我抡镐头刨垄沟，看它笔直地延伸，臭美一番。抖搂羊粪，提水浇垄沟，坐水种出芽率高。

包有种子的黄土，是美的胞衣、佛的袈裟。老妈猫腰摆块根，艳阳下大红牡丹的毛衣，配新鲜的泥土，古老的农具，几百年前老生活的缩影，不繁不简，时间不掉。只要还能种地，烦人的衰老就离我们还远。我们是躬身求助者，一束苍苍色，知从涧底来，大地不会亏待的。我们也是土地上的贵妇人，惯会击壤作歌：日出而作，日落而息。凿井而饮，耕田而食。天下大和，百姓无事。

这本身蕴含禅意，禅宗源远流长，托了以农养禅的智慧，禅与土地融合，禅即是朴素的深沉的，像根深植于泥土，必然开花结果，发扬光大。低头耕作的姿势，就是禅宗的虔诚心。

黄昏上来，母亲熬粥，我继续去墙外胡同口种花，奋力挥镐，撒下各种花籽。我希望这些新移民能战胜干旱和野草，在村庄扎下根来，今年一棵，明年就是一片。而我在大地上当然有了牵挂，它们都是我的亲人了，会带来花朵、果实和希望。我会比别人更关心雨水、风霜、毛虫、蝴蝶、散步的公鸡、驴子的嘴巴，以及拐过胡同的邻人禁不住发出的愉悦声。

不断有人匆匆来去，牵牛赶驴，带着种子出发。略一抬头转身，南山，后梁，东坡，西地，浩渺的群山之外，都有人群和播种机。只靠种地越来越无法满足生活，但春天一来，种地仍是天大的事，只有丢下种子，才真的扎下了根，才觉得张开手能抓住些什么，虽然有些年头什么也抓不住。

两棵树的荒野

菜园后山坡处，有两种少见的树，印证这里从前是深山密林。

第一种树书名"野白杜"，俗称"明开夜合"，这名称缘于果实。九月蒴果，先绿后粉，裂开四瓣，是假种皮，有如四颗橙红种子的披风。奥妙在于，种皮能依靠光源自如地控制开关，光照不足，就闭门修炼，故能日升即开，日落就合。相当于保养，十天半月无憔悴，这花就有了一种承担，见了它，有天地常新，日长如小年的欢欣。榆树几年就大腿粗了，明开夜合还胳膊腕似的，出去半月，果还红着，出去几年，还在原地等你，似乎它的血管里有种体恤。

但见惯的东西，祖母绿也觉寻常，我那时爱着菜园的苹果树，树下有锅灶，梨花儿一朵前一朵后，落在炊烟里，锅盖上，拈起来，还是香白的。添上一把柴，挂着烧火棍往后山坡望去，有人正倚在明开夜合壮阔的树杈上读书。

"明开夜合红了，我想起一个晚上你来我家，桌上点着红蜡烛，你恰也穿着红衬衫，新洗的头发披散着，全世界的晚上都是你的青春气息。"书生说，顿时，后山坡脆生生红遍了。

我忽然想，纳兰容若喜欢明开夜合，是向往天真烂漫的自由，崇尚野性之美，是把黑裹起来，只容纳好光阴，是那样一个年代，盛开过最美的花事。"阶前双夜合，枝叶敷华荣。"宋庆龄后来居住府邸，定然也念过此诗。他们都是惆怅客，而明开夜合需要同品性的人来供养。

一只黄翅蝶埋在明开夜合上，仿佛它遇见的是一枝来自深宫，而流落山村野店的奇花异草。叶子有特别的苦味，不是所有的嗅觉都闻得惯，那样一种野性。

第二种树是文冠果。说刚盖房子时候，西坡坎处有一株老树，一搂粗，几百年了，树高五米，七条虬枝龙腾虎跃，村里有个极倔的老爷爷给偷偷伐了，老树有精气，实在不妥。

新生的丛枝一长几十年，只有一棵长成胳膊粗，羽状复叶，油绿薄嫩，像槐树叶。总算赶上今年开花，慢坡一串一串的白花红芯，香喷喷的，无患子科，落叶灌木，总状花序，花蕊初时淡黄，渐变粉红，越老越红。七月果子高高低低挑起绿色的小灯笼，好奇摘了一个吃，三室，卧着九枚粉嫩的果仁，味道像杏仁，等熟时就变黑了，味道像榛子。

文冠果又名"文官果"，寓意"文官掌权"。谁不爱吉利语？我就愿意取文学之冠果的好意，能照耀我写出锦绣文章来。它还叫"木瓜"，"投我以木瓜，报之以琼琚。匪报也，永以为好也"。是个暖心的。文冠果种子可以榨油，供得佛前灯火，这么有道行，都喜欢。

那个砍树的倔老头听说打老婆打得最狠，一次打断了老婆的腿，一躺半年。一儿很好，可惜早逝，一女难产亦早逝，另一儿半痴，孙子在他的强烈干预下，炼成愤愤的正宗光棍，愤愤地走来走去的老倔头愤愤地老早离世了。

　　我父仰望着后山梁垴说，人才几十年，跟树争什么？要心存敬畏。又叹口气说，后梁头比咱房子还高，压得他上不来气儿。我闻听，立刻挥着小号镐头爬上墙头，刨起土坎子。父亲一顿训斥："下边鸡窝都刨漏了，赶紧给我下来。"现在老妈又常说，那梁头压得她一身病。我想，是他们的耳朵都太好了，夜夜听得见村庄的呼噜、老树的咳嗽，和山里的各种声响，心里有些嘀咕。

　　夜晚，我也去捕捉那些声音，门外夜色深重，月亮有如灵兽的眼睛贴在窗棂，大得出奇，我不敢闭眼彻夜睁着，各种声响都来了，它们跃下山坡、老树枝头，窸窣地穿过玉米地，到蔷薇花下，墙头石阶，它们斟酒倒茶，摆着尾巴说话。它们随时进得屋来，倚着门框，坐在炕沿上、柜子上。我下意识抬头看红柜子，上面果真坐个枣红棉袄白白净净的长发女人，跷起二郎腿，盯着我这个入侵者。也许是鬼魂，也许是只狐，这儿曾经是它们的洞穴，是它们奔跑欢爱哺育小孩的地盘。我满身汗水，不以为是做梦，那晚是中元夜。

　　它们属于兽、鸟、虫蝶的自由荒野，我"凿井而饮，耕田而食"的祖先步步吞占了它们的地界和果实，逼迫它们退隐，它们子子孙孙一直在等，它们必定会靠倒人。树在，种子在，荒野的根就在，古老的血脉不会变，也砍不没，过了多少辈，它们也找得回来。

　　没有鸟儿飞不到的林子，没有蜘蛛爬不去的岛屿，荒野有永生的力量，这最后的依靠必将带着我们向前去，哪怕人类全部忘了它们，天地仍是一团生意，覆载万物。

静物写生

　　系围巾的女人跨坐三轮车上，垫着满箱水果，低头刺十字绣。时而提起来对着新生的太阳看，两枝红牡丹红光光，她的人金亮亮。又低头，把太阳的金线扯过来，纫针，刺进布里。她是丰艳的蚁后，如临深宫，静静孵卵，有大自在，无视旁边飞着跑着的工蚁。车鸣人急，大马路边，冬天的早晨。

　　小亭子间，石矶湖畔，坐俩老人。老头儿捧着伴奏带，老太太腰身别个麦克，深情对唱，沉入戏中。老太太音色秀丽，又弱如春柳，把内心满满的情一丝一缕地抽出来，在湖面荡漾。隔了一树斜枝疏朗地看过去，真个不胜美。隐隐听来是《锁麟囊》："世上纷纭不沾身，得取蓬莱一清晨，锁麟囊儿不足道，琼瑶本是菩提心。"不要观众，不需喝彩，他在，这个世界满当当再塞不下别的了。我忽然听不到声音了，只有情深的二人，在离宫一角。

　　西番莲艳若牡丹。老先生坐在门槛，笑眯眯，看花，看阳光，看路人。花美，老先生恬淡，脚下的老狗也温顺。我与花脸对脸亲热，与老先生交谈，他笑得比花灿烂。多晒晒，阴气就跑了，阴影就散了，心上就清了。多好的岁月，多好的阳光与花与狗，管世上是什么光景，眼前人是人花是花。与豁达或拘谨无关，活到这般时候，就像炊烟，浓浓淡淡，随它怎么散开去。秋尽，花落，走了一冬，过了初春，太阳暖了，草生花开了，西番莲支起了耳朵，老人也该出来晒太阳等花开了。几个月过去，花再次茁壮起来，蹿上了房顶，大朵大朵艳若牡丹，我照例过去和花亲热，和老先生搭话，和那只狗对眼，多美好的午后，在我下班必经的路上。但是老先生终于没有再出来，狗也没出来，一次都没有。

最深。金沙银沙埋过来，爱情埋过来，春天埋过来，英雄埋过来，音乐埋过来，一个女人细小的声音埋过来……锁着的灵魂复活了，睁开眼，伸出手，做操。孤，绝，善，禁，毁，都在了。樟木的声音，樟木的香，绢质，黄缎，宝蓝封，线装的大国，钟磬声声，衣袂飘飘。趴在书架上，一只深呼吸的蚕，爬进肥厚的叶片，不言不语，不睡不眠，低头吃，以为桑叶快没了，一抬头，西北望长安，可怜无数山，万重老树新丫，累累郁郁。无数只蚕在认真切菜，沙沙。寻一页篱笆搭茅屋做蛹，天黑时，夜幕里飞着的不是灯，是蝶是鸟，是种子的兄弟。该起身了。樟木香好，有毒。是《永乐大典》有毒，峨冠博带的书生有毒，一格一格的灵魂有毒。抬头是微笑。过道，行廊，转角，高墙，窄隙，一个人独坐，两个人对坐，三四个人堆坐，是一株玉米，两株大叶美人蕉，铁线蕨凤尾竹练习撑开翅膀。你听，抽穗拔节，裂开的册页，淌出白的紫的蓝的香。你走，像在林荫路上，阳光从密集的老叶间掉下来，雨滴一样掉入脖颈，微凉而欣喜，你是一株金色的葵花，植在图书馆深处。

漫天的雪花落，一笔一画地落，粗粝潦草地落，东一片西一片地落，喜悦地落，叽叽喳喳地落，愁眉苦脸地落。越到黄昏，声音越大，雪片越大。一朵雪花和另一朵的枝头上握手寒暄，一排雪花挤在瓦屋上咪咪笑。最先落的已安顿，与一粒土、一芽草、一片叶。从早上开始阴云密布，九点飞扬，一直到暮色四合，雪还在下。星星碎了，星星打哈欠，又跳下来，踩乱了雪。倒空的脑壳，像倒空的酒瓶，歪在雪地里，猎手们歪歪斜斜走出林子，枪与战马扔到身后。再见，考场。

是国人高考举子被闹钟惊醒的眼睛、哈佛大学生不倦不息的眼睛、站在窗前看黑魆魆的山岳的眼睛。满满的月，影响生命的原生质，影响人的情绪，撼动大海，激活原野。它熟悉人，从一个细胞发芽，到芽孢开枝散叶，能说会道有灵魂，它都一清二楚。月牙是婴儿，满月是洞房新人，践行生命的原动力。和月亮一起冲动的是苔和蕨，你若忽略了它，就是忽略祖先的秘密，忽略有个和你一起奔月在月下打滚的精灵。满月是观音菩萨，坐上高堂，就像祖母端坐炕上，引导弯路上的孤独者复原。恶已逃荒去，善光辉灿烂。它不衣不履，不涂不抹，只沿着既定的轨道转，一出世就这样，还这样。做好自己，就是千秋功业。

老物是枝花

老物是枝花，生在暗夜里，眼窝深陷，闭紧了嘴巴。端一盏灯过来就能拂亮它们。色泽许是模糊，而花蕾分明。它开口说话，用神的眼睛。它伸出手来，握住灵魂的发丝。

屋　外

老院子，不小不大，经典柴门，石头围墙。东面三间正房，西面两间仓房，再向西一间偏厦备着木头柴棒，再向西一块三分左右的菜地，一半玉米，一半蔬菜，茅檐吊着葫芦。小囡曾经咬着牙根儿发着狠儿，掐过一个小嫩葫芦，我一喊，她就放了，逗你玩。

南墙外是窄窄的 U 形胡同，容纳一头肥牛昂首阔步，如果两头牛对面，就有顶架的好戏了？不会，牛很谦逊，彼此缩扁大肚子，互哞一声，犄角侧摇，过。

再前，是人家的后瓦檐，长了几棵燕子翼，手轻易搭上去，摘下小黄花朵。谁家捣蛋的小子要挨打，能噌噌蹿房上脊。两头拐弯处一两棵榆树，纯是给夜行人壮胆的。

老房，泥墙，灰瓦。硬山户，披水脊，两边筒板瓦梢笼，合瓦屋面。盘头处，馇檐丁字回文边，早年刻有"松竹"二字，任由风雨蚀平了，倒应了四季平安之意。

屋顶丛生蒿草，墙头蒿草丛生，风来有风声，下雪雪枝俏。早年一只大花猫好蹲在墙头上，对着树枝上的鸟瞅个没完，小鸟就吧唧落进猫嘴了。猫巧笑倩兮，把吓倒的鸟掼在小弟的面前。

杏树下是卧猪之床。黑黝黝的小江猪，瞪着老大的杏核眼，拱翻小木槽子耍赖，二姐挥着小棍欲打，恰好掠过已熟的杏枝，几个黄杏吧嗒嗒，正中猪怀。猪扭着小屁股叼进嘴里，可吃可吃地笑。背背犄角大黑牛一来，小猪兴奋了，总以为牛的大石槽里有大饼油条，跳着高看，长得可快了。

枣树下是鹅圃，三只洁白大鹅，比狗好使，一有风吹草动就刚刚地叫。红嘴唇不是亲吻的，伸长脖子追上去，拧人，拧动物的腿脚。早起叫着号子出门，晚上哼着小调回家，不用操心。一只大鹅过年做贡献了。不知怎么宰杀，直接剁掉了脑袋。鹅气极，挺着呼呼蹿红的腔子，直愣愣跨上战马，挥着长刀，奔着一个风车猛攻过去，至六七十米，扑地，气绝。后来不忍吃，一只被偷，一只养老了。

蔷薇的墙边，是鸡的庄园。带门的小屋，两层，上有干燥的床铺，下有解手的粪坑。屋顶是鸡们下蛋的小窝，排上三四个。枣花开了也搭在鸡窝上，仿佛金色的小米，鸡咯咯嗒一出窝，枣花就打战，怕被鸡啄了。蔷薇在旁边笑得花枝乱颤。

房后坡坎上，明开夜合多，粗根虬枝，裸露在外，亦不影响生长。是老房的背景，长在蓝或灰的天幕。

总体看，房子是老了，歪了，斜了，窗台有一段粗木支着房檐。瓦檐有曲线了，瓦上有坑了，有土了，有荒草了。但是，有人气熏着，房子就无碍，就冬暖夏凉，新人回来，随处都可捡得老故事，屋檐下能说上三天三夜。

正　屋

木格子窗，码三箭，直棂条芯屉，糊得透白如绢的窗纸，贴的"年年有余"四联窗花。两扇长窗，中间一大扇玻璃，明亮祥瑞。

铁火盆，铁筷子，都是上好的铁打就的精品，铁匠师傅是一流的。家有美婶婶，一边当当敲铁一边笑，我叫他大叔。家里常有小说杂志给婶婶消遣，我问美婶借小说："家有大书吗？大点的。"大叔当当剁着猪食，抢着说："我不就是，拿走！"婶婶和我们笑啊。冬天火盆拢满了硬炭火，晨起或傍晚，天微暗，火筷子搅下，火旺旺地闪烁，我就想起大叔，挥汗在铁匠炉，瘦瘦的，略带忧郁的身影。他喜不喜欢酒，知不知道竹林里的嵇康？他早早地走了，他们家人都进城了，他的房院空空地垒高了墙。

婶婶不需要火盆取暖，也不会收藏有这样的火盆火筷子了。或许婶婶的心上有一盆火。外人惦的是物，亲人念的是心。

篦子。最后一个留下来了，我在杂物堆里抽出来，清洗，晒干。一边稠密一边稍疏，母亲们曾拿着，从孩子的发根缓缓梳透，大虱牛滚下来，扔火盆侍候。密的一面飘着小虱花，和细白的虮子，大拇指甲在篦子上一勾一滑，像弹拨竖琴，很优美。只掉下的不是乐曲。掐虱子花也带上瘾的，长而干净的指甲，穿进发里，凉凉的，两只大拇指甲对准虮子，一串掐过去，十分解气。有女人梳发，嫌梳子齿松，也用篦子蘸了自家熬制的杏核油，细细密密地梳拢，压实，亮光光的，甜香香的，发丝一天都不乱。

偏　厦

木扇车。这种车型是我国西汉时期发明的，比西方早使用一千四百年。我家的大概也一百多年了，包产到户那年，几大家子还在我家的老场院用过。扇车左上有大木斗，一大口袋谷物倒入，右侧手动摇把，庞大的木轮子转起来，产生庞大的风力，将杂物、谷壳、尘土、碎秸草叶顺侧边上的风口吹出去，底下滑口撑开新口袋，清净的谷粒流进去。扇车原来在奶奶的小草屋，后来一直收藏在仓房，母亲以为没用，要卖给收破烂的，哥慧心给拦住了。那哪是破烂！连同石碾子石磨，都是大院的精灵，在草丛里歇着。

石牛槽。两米长，完整的石头凿就，过去牛多。后来一度归了生产队，包产到户又回到家中，牛冬天食草料，好阔气，牛有这样的家具，牛也体面。

大筲笋。柳条编织，有多半铺炕那么大，腊月淘米压面，够六七个人围着筛面，平时晒粮食。多年不用了，归到仓屋里。有俗语，"大筲笋，扣乌龟"，意思是跑不了。愿我们扣住的是平安健康。

熥饭用的木锅叉，高粱秆钉的帘子，柳条编的挑筐，还有山野上采的欧李枝条，去皮后编结的笊篱，软而弹性，捞菜捞饺子不易破，有清香。都在仓房里的墙上地下，结了蛛网，它们见证过大家族的兴衰喜乐，此时静息了。

不见的太多了，像杂草，都当它是草，它或许会以别的方式重上枝头，世上许多新东西都像我们的亲人似曾相识，它们就是去年或者多年前掉下枝头的花。

老婆子花，不害羞

春暮，大地一片宁静，草生花长，有如天空渐渐布满星辰，看着就安定而欣喜。

老婆子花

老婆子花，不害羞，滴滴答答开到秋。

杏花落了，老婆子花抬头，蓝紫的花萼嫩黄的蕊，全株密被白色茸毛，像初生婴儿的胎毛。一小男孩跪在地上，小心拨开枯草，细致地拍下。那花带着初春的气息进驻孩童的眼里，真是美好的事情。

花落，花柱银丝飘撒，这便是白头翁，毛茛科植物，我叫它"白发魔女"，有时取下它的头搔着脸，是远去的故事里那点清凉的柔情。唐刘希夷说："寄言全盛红颜子，应怜半死白头翁。"

满是爱和敬意。我私下亦有咏老婆子花："初妆还羞怯，同怀芳草心。寒风终远逝，春梦始娉婷。今朝绿满裙，明日雪染鬓。红颜谁能留，徒作《白头吟》。"

更想起我乡间的那些老妇人，艳时亦如春花，可是不知爱情，没有花衣，生活也艰苦着，却笑呵呵养一大家子，没甜没蜜地过活，忽然就一头白发，脸皱成核桃了，但也竟没什么伤感，绾上一团灰髻照样喂猪喂鸡推碾子拉磨，直到生命终结，还是没有叹息。

紫花地丁

据说因其枝梗笔直像一根铁钉，头上开几朵紫花，故名之。这么一解释反俗了，不如大家各想各的好。

从小知道紫花地丁，是从父亲的医书《药用植物图谱》里记得，那图谱纸张考究，色彩鲜亮，描绘细致，父亲都是小心锁在书橱里，偶尔高兴才拿出来，与我们讲解。我指着一玲珑的紫花说，我喜欢这个，名字也好。父亲说山坡地角篱边处处是，还有黄花地丁呢，就是你挖的婆婆丁（蒲公英）。我印象深刻，第一次看到实物，便立刻叫出它的名字。

紫花地丁生得婉约，像古诗里游丝软系的清愁。一次它让我吃了一惊。信步草地猛抬头，竟是透迤荡开，成片成带，有如紫色河流淌过，令我席地看。两个女生捧着花盆，小心挖了几棵抱走了。这等爱护让人很舒服，好像我自己也被年轻的心爱着一样。

我后来去山上跑步，总要寻它们，被人踩踏被牛羊啃噬的，更细小不完整了。去避暑山庄碑林，安静的小叶黄杨树下，有几棵紫得耀眼。这小东西，在哪都是这样地安然。

野鸡膀子

偏爱蕨，遍布阴湿沟渠，叶子碧绿，叶形优美，像溪水一样透亮。蕨低级，原始，每片叶子都带着上古的秘密。它把驰骋中生代的恐龙养得庞大，也谦虚地喂养过我们的祖先——从匍匐地上到强壮站起，到我们能用语言描述蕨，这是很美的故事。

蕨菜常吃，名声也大，不稀奇，一次在承德附近转山湖一带游玩，吃到一碟野菜，名为"野鸡膀子"，胖胖的嫩绿的肉乎乎的小翅膀，立时爱起来。这些称霸植物界的老牌明星，却轻易上了咱的餐桌，是入世的尘香，远古的生灵同那时的气息也将滋生于我的体内，心上绿茵茵密实实了。

野鸡膀子属荚果蕨贯众，必有贯众的大致形态，贯众是四季常青的凤尾蕨，明李时珍《本草纲目·草一·贯众》讲："此草叶茎如凤尾，其根一本而众枝贯之，故草名凤尾，根名贯众、贯节、贯渠。"大型会场花卉间必要摆上贯众，取其"观众"谐音，很贴切。野菜本属于民间，贯众当然更是民间的了，连它的微寒、小毒、清热、杀虫看着也是爱。

车轱辘菜

在苦菜蒲公英和杂草间偶见一棵车轱辘菜总是很兴奋。牛耳一样肥厚的叶片油汪汪地喜人。挖回家热水焯了做素馅饺子，极清淡素雅。整个过程虔诚愉快，是把山风山雨诸等灵气都切碎纳入腹中了。

《诗经》里说女人一边挖这菜一边唱歌，其实女人上山不拘挖什么菜都是快乐的，当作一种出行，庆幸脱离围着锅台这些沉闷的杂事。我那时下课后拿个馇馇大葱，拎上铲子笸斗上山，与伙伴越跑越远，终于四面见不到人，还兴奋地唱着挖着，抬头，三两棵断枝残柳下几个硕大的坟包，石门歪倒，一只乌鸦大叫着奔向树梢的窝，这一吓，差点连家什扔掉。不远处茅草丛中随风闪烁一缕红，大家又争着跑过去，是半条花棉袄，原是乡间婴孩夭折后扔山上，被老雕或野兽吃掉了，只剩一绺红棉。众人又一惊跑掉。但回来的路上神神秘秘地说着这些经历，还是无比地快乐。

居家吃买来的野菜时我说，这个菜根白嫩肥胖，没准是坟包上的，长得厚实。女儿就不敢吃，我立时说起小时的挖菜境遇，心里又兴奋起来。

灰灰菜

大概贫荒年代，这野菜也是长吃的。我记忆时乡间已不采这等菜，任由它在路边田旁灰光泛滥，若长在苗里一锄搂掉了，言说吃了滑嫩如菠菜，怕会闹肚子。所以宁吃常与它间长的猪毛菜。

但我没忘了那时的童谣："灰灰菜，菜灰灰，你妈养了一大堆，大的会跑了，二的会扭了，你妈肚子里又有了。"如此却是象征了女人的命运，灰头土脸的生活，满院的孩子，还大着肚子劳作。但女人的孕在乡间实是喜事，男人这时候总是欢喜的，再苦再累也会用骨节粗大的手掌抱抱婴孩，亲自烧火为生产的女人煮粥。

《庄子·让王》讲到："孔子穷于陈蔡之间，七日不火食，藜羹不糁，颜色甚惫，而弦歌于室。"灰灰菜也叫"藜"。圣人饿到吃灰灰菜煮汤果腹，且照歌不误，真如我的那些乡间男人，早晨一碗稀拉的野菜粥也能过倒奔梁砍大柴，且山梁上一定有他们变腔变调的吼叫。同一日月光华下，圣人的雅与乡人的俗原来没有区别。

和土地亲昵，与植物们同息，你就会明白，我们不一定比这些小植物更高大硬朗，把自己降下来，与它们一样平实，色彩淡然，内心便是安静的，此时可歌，可乐。

一棵树的骨头

1

一棵树肯定是有肋骨的。一棵树还小的时候，就懂得抓住春天，攥住一小滴水，站住一个马蹄坑，像屎壳郎钻进一坨子牛粪，拱出温暖的殿堂，朝上要阳光，向下要水，制造氧气和笑容给人民。

我从未数过一棵树长过多少根肋骨，但我知道，无论多么小，一棵树都要独立奋斗，独自面对暗夜、风沙、干渴、无知的践踏，而后长成或者死掉。

最早来到荒原的树，已故去多年，而肋骨不灭，刻写着不甘，和存活的种种可能，给后来的树以经验和期待。

第一棵站直的树苗，第一根嫩绿的手指触摸荒原的脸，简直能驱散荒原盛大的寂寞。荒原也因此生长了第一根肋骨，有站起来的可能。

肆虐的沙粒先要怀疑了奔跑的能力，它被一棵树惊住。它要吹翻它几个跟头，让它横折弯腰，让它退进黑里去。但一棵树依旧活下来，以翡翠之手写着二字：承受。脚下，水珠来了，草籽胀了，一小片绿意宣布占山为王，荒原将俯首称臣。

　　第一批站起来的树，要承受更多的孤单，抗击各种魔兽。它们有人呵护，但根下的事只能自己做。放弃简单，萎掉就是，但一棵树占据一个坑道，它就奔着活来的。没有一棵树奔着死去的，像人，出生，一辈子为了生而奋斗。人会尽力活得好，树也会尽力，且超乎人的想象。在人认为不能生的地方，果断地生，在人认为活不下去的时候，依然抽枝发芽。

　　一棵树，是一匹奔跑的马，停止的姿势。脚踏得更深，头向着天空，嘶叫。它在叫后面的小马，马们依次奔来，安营扎寨，磨砺本事。一匹老马叫不动了，后面的马儿都已苗壮，喊声更烈，荒原沸腾。

　　树无法两肋插刀，一棵树帮不动另一棵树，近了，就必然你争我夺。但它们懂得隔着眼神打气，它在身旁，它在生长，它正往云端里撒野去，它的脚下沙粒止步，野草繁生，花朵、磨菇和兔子先后到来，一只鸟亮晶晶地穿过林梢，一条小路热热地延伸，一排房屋暖暖地站住，理想在树顶飞翔。

　　无路中开出路，不合长树的地方植出了树。一个是生命，一个是生命力。

2

只有树是真正地在场。

每棵树都睁着眼睛，我看到的，它都看到了，我没有看到的，它也看到了，我们能想象到的和不能想象到的，它都看到了。白天它是自己的太阳，夜晚它是自己的臣子，它的疼痛它知道，种树者的疼痛，它也知道。

他冻去了双腿，他患了肝炎，他埋葬于塞罕坝的"马蹄坑"，他右腿摔成粉碎性骨折，他千般辛苦，尝试引进了樟子松，他半夜去为幼苗熏烟，一直熏到天亮……冷在身体内翻山越岭，而滚烫的心都是血，融化掉高原所有的冰坨。

生命接近极限，而生命还在坚持，就是英雄。

英雄，不以血汗计日子，那无法计量；英雄，不以送过的太阳计日子，同样无法计量。只以额头上的纹丝、骨节的粗糙、心的磨砺、绿的延伸来计。英雄是吃窝头喝泥水的肉身，扛铁锹，住窝棚，习惯寒冷，习惯风从四面伸出刀子，割的都是肉，打的都是骨。每天重复一系列动作，直到一棵树苗在风中挺立，一些青年变成老年，病弱，长眠一棵树下，抱住树的根。灵魂已然化成矿物质和水分，回到树的血脉，在嶙峋的老干，在新长的枝头，徐徐吐出呼吸。

当年进驻塞罕坝时，三百六十九名建设者平均不到二十四岁，而他们去世时平均年龄只有五十二岁。二十岁的嫩骨头和五十岁的老骨头，三十年捶打挑战，他们的骨头站成一棵棵树，不倒，不弯，不折，直指苍天，直指泪水，直指爹娘，直通民族的脊梁。

我害怕它们的注视，我渴望它们的注视。我和它们对视，我们眼神接着眼神，骨头接着骨头，我们是一奶同胞，兄弟姐妹，我们抱在一处，呐喊，用力，擎起绿色，撑起地球。

3

我呼到了，来自塞罕坝上一棵树的脉动。

一个王朝总会消尽，一首绿色的史诗，却可以长留，不会终止。因为诗里有贵气，有热血，造出可见、可歌、可泣的英雄。每一个站在风沙面前的树都是英雄，且由英雄之手亲自扶正，它们彼此为对方打下烙印，树身有人骨，人身有树风。英雄的母亲能永远地孕育，一代一代呈阶梯状延伸，挡不住的青春拿下了荒原。

荒原最高的智慧是容纳。天光、云影、沙石，始终保持思考的姿势。强暴仍旧气势汹汹，铁蹄踏破，刀枪乱挥，它能独自承受盛世远去的孤独，灵魂的庙宇沙化。它静静等待，求救，终有一天，英雄会牵着手横在旷野。

你一抬头，就是旷野绿色的眼，绿色的笑，它辽阔的胸襟比金子的金黄更高贵，比爱情的魔幻更绚烂，更充满爱。这时的旷野，是普世的国度。

当荒原不再是荒芜，而被称作"森林"，当清晨的第一缕阳光柔美地洒下来，两种世间最高贵的东西已经诞生，一个是骨头，一个是理想。二者缔造了荒原有史以来最光辉的岁月。

半个世纪过去，它的枝叶可以覆盖地球十二圈，它的清气可以令多少肤色洁净。如果是人的汗水汇成河流，会流多远？人在荒原的呐喊若集中起来，要超过多少分贝？人的脚步若丈量起来，是否更接近宇宙？

我不能完全通晓一棵树的智慧和能量，我却知道，它近乎强大然而也脆弱至极，它仍然像个婴儿，要我们伸出温湿的手来。

一座城市般的巨树，下面周围全是树海。它们长满了星球，一颗绿色的星球。树的骨头，撑起林的脊梁。人以树的姿态，站成大片森林。

春天，慢慢成长

那日竟然是阴阳和合的好日子。3月15日，亦是阴历二月十五，月亮满照。

该好好地消费良宵。读书或赞美朋友。收拾厨房，做可口的饭菜。剪修花枝，亲吻正开的花朵。朱红或素白，青绿的叶片都有小欢喜。感谢观音莲、芦荟广吸尘劳，虎刺梅一朵接一朵不说累，绿萝遍布阴暗角落，洁身自好。

一堆粗糙的树根，像恐龙，像始祖鸟。躲了六七个小瓶，各自支出几片绿叶来，像吱吱叫的甲虫，便觉眼前生意满。中美木棉长到房顶，凤尾蕨坐拥半壁江山，牡丹石的老牛冒冒失失闯进来，低头拱一堆捡来的石头。这一角落定义为：侏罗纪公园。

树下放着我做的两个厚垫子，垫芯是废弃的厚塑料，挨屁股的才是一层棉花，不穿的刺绣蓝裙裹之，花朵留在面上。够舒适，手搭在小吧台上，九间小格子是收藏多年的《读者》，顺手抽出1988年《读者文摘》，恰好一篇文《慢阅读》，合心。一本书天天读，可以读半年，雨滴一点点浸了土地，秧苗慢慢茁壮了。这半年你做啥了？别人大概说出一长串地名事件，你就一句："我刚读完一本书。"多美好的时间。

头上有软软的吊兰排荡开来，充当开放厨房的隔断，小小一盆，竟可以纵横往复，仿佛一个小人儿，一口气唱出老高老曲折的调子，余音不绝。这创意实在好！

吧台上煲着乌鸡汤，不声不响，味道散着步踱出月亮门。平时炒菜都是一路小跑，火焰昂昂，香味吁吁。今儿这汤离冒泡还远着，且去做别的事吧。

忘了告诉你，插绿萝时至少要留一片叶子。因叶子黄了，我全部剪光，只留秆茎插了几瓶，等了俩月，无芽，烂了。这才想起何等粗心，叶是植物的衣裳，小皮肤，光秃秃的要羞愧死了，还怎么进行光合作用，怎么呼吸？我断定它是被气死的，一株植物也是有气节的。懂得，也会忽略，我忏悔。

想起麻雀来，可怜见的鸟，一只猫的凝视也能吓得它掉下树来，更养不得，摆上八碟八碗，上好的米粒虫子色香味，绝不看上一眼。说它气性大，不能自由飞，气死了。这小东西，可贵。大门口，谁家的鸟笼里有两只鸟，系短短的线，只够在横梁上跳几步，养几年了。我以为鸟该习惯圈养生活了，但那只鸟仍不停地啄取脖颈的线，不停地啄，想啄断了去飞。它不可能忘掉从前，忘掉自己是只鸟。

麻雀原来喜欢树洞，后来追着人走，草房，瓦房，现在也不得不住高楼大厦了。然而究竟稀少了，遇到几只麻雀扑棱棱下地觅食，如同看见亲人。燕子则不吃落地食儿，同样有节操在。它们都在春天及时回来了，单薄，急切，与青草同步，慢慢长出温暖的骨头。

寂静的春天。我喜欢这样的词，大地，空旷，人和树形销骨立，需要营养。

春天不怕被打量。先出来的，总是先出来，比如叶芹草、紫花地丁、白头翁，之后是黄花地丁，各有各的道。因为你总不抬头，才有突然间的满山繁花，呼啦啦蹿到眼前。

整个春天低头备课，接新专业，极难，两页书抠三天，必须保证站在讲台能说出顺溜的话。后来不觉得苦，重复让人枯萎，新知，有如耕牛垦荒，犁尖霍霍，密结的野草一寸寸露出深黄的泥土，蚯蚓蠕动，可扔下种子。

我静静耕田吃草，埋头的老牛理不动村外事。

隔壁人家有哭声，孩子出门多久了，还没回家，坐的火车还是飞机？

隔壁街头炸弹乱飞，人民水深火热，孩子哭叫，没有衣裳和米。

隔壁又谣言流窜，迷雾重重。我都听得见，听得心惊肉跳。

我们各司其职吧，你得认真打扫战场，我得认真锄我的玉米，维持眼前的平衡。

谁拉的屎屎谁收拾，可隔壁老狼拉的臭屎屎，得人来收拾。总得有人把倒塌的屋脊立起来，把尸体掩埋，把孩子送回家，把英雄贴到海报上。总得有人把真理清出来，让人民放心走路，安心种植食粮。

人间酸辛，植界葱茏。

春天从来是寂静的，千手千眼看着你生长，不可偷懒。像熬汤，蛋白与盐细细地融，你忘却的时候，它熟了，香味弹了你一个响指。赶快浇上一瓷碗，慢慢喝。是我十年九不遇的享受。此时，人面绯红，心思拙绿，被省略的世界暂停，伸开蜘蛛的长脚，片刻欢娱。

初夏，大地满目生境

傍晚起风了，云头黑壮，雷震得窗户飞，雨才是星星索的试探，呜喂，土地早高高噘起饥渴的长喙，狠狠咂紧了，有婴孩的奶腥味，梨花婉转。

我和母亲立刻放下碗筷，得备柴火去。

山坡上终年散着几头驴，冬天吃玉米秸，叶子嚼尽，棒棒留下，烧火十分好，母亲辛苦拾来，权当锻炼身体，垒一大垛了。我站猪圈墙上，头撞着杏树枝子，管不得残花小杏，抖opens铺上，风迅速掀起，横上木头桩子，石头瓦块压上，老实了。

雨不小，我们站在门前看，眉头舒展。

之前，地干得冒烟。我帮母亲挖地种菜，要坐水，整整两天，脸皮儿晒成土豆，手磨破了，一个月过去新肉还痒。五月，生菜菠菜黄瓜豆角白棒子都出来了，西葫芦和土豆主意头正，声色不动。母亲郑重地发愁。我说愁啥，这点地就是给你玩的，玩不动就晾着。晾着好地造孽。母亲扒开垄沟查看。种子已发芽，胖胖的像只蛹，撑着全部梦想正准备蹿房越脊。

就缺一场雨，浇地吧。哪浇得过来，且浇过的地皮更易干裂，不榜地苗还得死。那我就榜。母亲不出声。等我从水缸接水哗哗响，母亲马上喜滋滋，绊绊拉拉指挥了，先浇生菜黄瓜，土豆搂个沟再浇。我一桶一盆一铁壶地浇，中间走个神，又浇了樱桃树、枣树、蔷薇、墙角钻出的几叶柔黄、几墩韭菜，硬骨骨的羊粪蛋软了。累一身汗，地没湿几处。

雨一下凡，轻松拿个大顶，多少人多少桶出去了。雨有心又有力，肯定不是为了我家几棵菜几株树，他路过的地方没有花姑娘，河滩，山坡，空气，一一宠遍。屋瓦，石墙，树叶显出最原始的色彩，铁丝架上水珠串串，只差个雀儿足下一蹬。

你头上有一堆杏花。母亲说。我摸下来，是青杏脱下的花衣。那么雨是云脱下的珍珠衫，果实是大地脱下的指头，我们是母亲脱下的种粒。种子在陶罐里是小女孩，进入土地，成为女人。当我亲手撒下种子后，生出母亲之外的另一种牵挂。

夜雨不停，停电了，点了红蜡烛，在小榆木桌子上看书，内心土地湿鲜，藏有许多种子，如蚕细细嚼桑，胖白成蛹，等待吐丝。

早晨，我站在山坡上，蚂蚁爬上马莲花，猪尖兽傍上羊妈妈，两头肥驴驮着数只灰喜鹊，安静生养。驴蹄常年踩踏的紫花地丁，依然倔强地开出自己的颜色。太阳会照看这些生灵，也穿透我的红格衫，热热的，很富有。

耕地赭黄，绿还套在睡袋里攒劲儿。种地是讲究艺术的，窄斜的地，犁成弓形，减少牲畜抹弯的烦恼，田垄曲线延长，漂亮极了。一个好农民相当于一个有价值的诗人。

我站在地中间，脚下暄腾腾，因种子蠕动。种子如蚯蚓，爬行着钻出头，春天就圆满了。

地是有名的，叫王八盖梁，甚是厚道，长上好的玉米谷子。也长曲麻菜，屁股不挪窝，一大筐满了，掐了头茬有二茬，到老秋又生三茬，人与猪都高兴。

时令正该曲麻菜亮相，我弯腰搜遍，竟然一根菜芽也没有，除草剂也不能零生长。问母亲缘由，我吃了一惊。

地主的女人嫌曲麻菜喧哗过度，给地施了咒语，大锅烧热油，挖了一筐菜倒进去，铁铲啪啪炒成烂泥，以示警告。

植物长着眼睛和灵魂的，被谁揪走怎么吃的，心里明镜。它觉到了煎熬疼痛，铁器拍扁，全家老少祖宗八代迅速搬走了，棵根不留，好像从没来过。搬哪去了，旷野不知处。

《南村辍耕录》记载：每春夏之交，群蛙聒耳，寝食不安。天师朱书符篆新瓦上，使人投池中。戒之曰："汝蛙毋再喧！"自是至今寂然。

南村天师与我村农妇如出一辙，异人也。那盛夏午后满树拉大锯似的蝉鸣，是不是也要奉上咒语一枚？

我家菜园子不知何时生了一片曲麻菜，母亲放任它们生长，在我回来的早晨挖下，嫩生生的稀罕菜上桌，一顿好抢。原来它们分散求生了。看来那一池的青蛙不是不叫，是此地不留爷，自有留爷处。青蛙不出声怎么找媳妇？十七年地下生活的蝉，只有七天的光辉岁月，而后残留躯壳，可以容忍些。倒是人世间说不上精彩，微言四面八方如曲麻菜如蛙鸣如蝉嘶，割下一茬又一茬，实在热闹无穷尽，有没有一个方子扔过去，耳根子清净会儿。

老火炕适合睡眠，今晚非清醒，仿佛身边呱呱着一群鸟，汩汩着一个泉眼。我披衣出门，站在庭院，没有星，没有灯，眼前模糊的树和墙外，整个村庄没有轮廓。夜属于夜，我没于黑，是一颗发芽的种子，两片子叶拱出土来。

蓝色村庄

这时的村庄，像慵懒的少妇，长发披散，衣襟半掩，轻启朱唇，打着哈欠推开柴门。清凉的薄雾立刻在她的脸上施了一层淡淡的脂粉。

是淡蓝色。一半温润，一半朦胧。

松树的枝叶间也慢悠悠飘着轻柔的纱衣，浓绿变淡绿又成淡蓝，还在淡。仿佛一个镜头悄然隐去，新的画面正要切开。

山野与村庄都清静着。人们也静悄悄起床，静静打开大门，静静升起浅蓝的炊烟，吃饭，收拾农具出门。正春耕时候，淡烟疏雨。

几畦小葱碧绿着，未开的杏树更显枯瘦。河滩上散乱着秸秆，一两头肥硕油亮的毛驴，甩着尾巴嚼得正香，偶尔仰起长脸"刚刚"地吹几声喇叭。

坡上新翻的黄土软软的，微温着，仿佛怀孕的女人，充满慈爱的光辉。田埂已然泛青了，像成熟男人刮不净的胡楂。雨，丝柔般滑下，衰草也惬意着，吐出新鲜的呼吸，如释重负。

路上散着些椭圆的驴粪蛋儿，和着新生的青草野蒿香，是春天独特的气息。

喜欢的牛粪香已变得稀有，耕牛遍地怕要成了传说。想着多年前那一卷卷油亮的牛粪，简直是上等厨师的手艺呢，屎壳郎成群钻进去，热闹成一座宫殿。晒干后扔进灶膛里，持久又热烈地燃烧着，铁锅上的油饼便嗞嗞欢叫，口水瞬间就流下了。

如今已没有人家养牛。河滩上不再有成群的牛羊呼啦啦穿过，不再有浓烈的腥膻味扑鼻而来，也不见了当年背着破旧军挎，走在牛群中的落魄书生。

没有了牛羊的啃噬，山野更绿更幽，少有山洪暴发，动物越发多起来。野鸡野兔自不必说，早已消失的狐狸和狼又出没了，上山采蘑菇的大婶随着香艳艳的蘑菇线越走越远，差点成了野狼的腹中餐。

而村东鸳鸯山颇多灵气，阳坡是红艳艳的杜鹃，阴坡则生满奇异而绝美的芍药，或紫或白；空谷佳人。

一日，竟飞来两只仙鹤，双宿双飞，银白的羽翅在天空掠过，众人驻足，惊喜非常。不料其中的一只被人偷猎，暗喜卖了大价钱。可怜孤单的一只彻夜寻找，哀号，行人也跟着落泪。后来便不见它的踪迹了。那偷猎者被大家诅咒着，据说不久得了重病，花光卖得的钱还不见好。大家这一个乐。

"三月三，曲娘菜钻天"，因了除草剂，当午锄禾少见了，曲娘菜也只能在田埂上硬钻，没了它嫩白肥胖的脑袋，少了许多采挖的惊喜。

但庄稼是更好了！村庄也更鲜亮而富裕了。

旧时的村庄，村庄里的旧人旧事，都被一抹淡蓝轻轻刷过，渐渐淡入村庄深处。有些，早已懒得提起，懒得再去嚼，去触痛。

只有回忆还牛一样悠闲在田野上，啃着青草，饮着山溪。

窗到绿时方有味

冷窗。没有壁炉里通红的火光，没有热辣的烈酒，没有温煦的诗文。手冻，思绪也凝住。

且立窗前。冰花如钻儿，如缠枝的莲，清冷逼人。看成雕梁画栋，也媚容俏姿，斑斑竹影，瓣瓣梅香。红玉端砚，青花小瓷，广袖善舞，清流浣纱。舞着，流着，画着，写着，便成了冰。到底是冬天了。

几盆花草也还绿着，想起周瘦鹃，拈花一笑。恰好阳光拐进来，冷自逃离。

想老家的窗。一纸薄薄而透明，竟可抵御冰天雪地的冷。夜深，一盆火，一盏灯，几声私语，灯熄了，盆火还悄然温着红意。

朴素的窗上，横着几株淡红浅绿的花草，游着几条鱼虾儿，飞着几只蝶儿，涂了胭脂的春梦就爬上了窗棂，娇娇地咧着嘴笑看烟云苍生。

那窗台上总是有些东西的。半搭的碎花窗帘，火红的辣椒，青黄的瓜果，几摞金黄的玉米，吊着的豆角丝、葫芦丝。随时可成为大锅里热腾腾的菜香，随时可听闻热烈的唧唧哝哝。

窗到绿时方有味。

春夏的窗。倚在炕头看书，更喜借得小窗为画框，随意嵌入几幅水墨：一痕山影，半墙红杏，一丛疏篱，半掩园门，几只小鸡崽儿吱吱叫着要跳进去，母亲弓着腰怜爱地轰着。

园里左一畦是绿，右一畦也是绿，那叶子不论大小形状，俱似佩戴了光华的水钻儿，原来这绿叶便是清晨的女儿，也喜装饰，还要奢侈地每天更换。

母亲在窗外喊：别总看书，出来走走，吃饭香。我笑着蹬上鞋子，一抬脚跨进那帘绿色水墨。

《小窗幽记》是何样的窗下？该是个雕花木窗，玲珑着，窗前定有几株梧桐梅影，必有个玲珑的人儿细吟，间或绿绮长弹，试问画眉深浅。

而此时是窗含西岭，千秋雪意。

毕竟是冬天了，窗外没了绿色，没有虫声新透的绿窗纱，且喜仍可倚窗闲读。轻翻《芥子园画谱》，细拈《花花草草》，不谓手不释卷，只求日研数行，与同道共习，则渐入其境，渐得其味，每每妙趣横生，乐不可支，不由得拍案而笑。漫天雪野，枯草残枝，吾窗则一片春意融融尔！

这冬，不过是用枯笔轻抹的一幅经年古画，远观苍凉，近而惬意。

待我卷起它来。窗外依旧菁菁如许。

第二辑　草木美人

藏族的甄子丹

1

每天在微信里，藏族的甄子丹都会发布简单消息。今天酒吧在开心，今天兄弟几个这样在开心，绕烧啤酒在开心，鸡蛋碰石头在开心。我忙问鸡蛋石头怎么回事？他咯咯一笑，酒量大的是石头，酒量小的是鸡蛋，碰！一桌排满啤酒，十来个男人都戴着大墨镜无比郑重对着镜头，时间午夜后。酷霸，甄子丹。

甄子丹原名阿青布，因长相酷似甄子丹，又爱其侠风，得了这名号。老家在德钦，梅里雪山下旋子舞的故乡，还是风吹草低见牛羊的本色。阿青布在酒吧唱歌，深夜的酒生活不足为奇。藏语是母语，汉语表达有时短路，一律地"在开心"也不足为奇了。说话时一旦不会表达，他就羞涩一顿，"我的汉语不在服务区"，这句话说得倒是极其顺溜，有板有眼。我说你赶紧打车到服务区来，我给你加油。

"阿青布，出唱片了吗？买个听。"他一笑："不知道。"与阿青布别过几年了，万水千山的，还是好哥们，知他还奔忙在热爱的路上，我就不再多问了。

2

2011 年 3 月 5 日我到香格里拉，藏历铁兔年新年第一天，扎西德勒！雪山，枯草，布满云朵的天空，新鲜微凉的空气，适合喝酒。晚上，藏族作家扎西尼玛接风，扎西是俊朗的康巴汉子，粗壮结实像棵大树，哈哈大笑瞬间穿透陌生的空气，站在熟悉的邻家二哥位上。阿青布则有些腼腆沉默，盯着看了下，眉眼嘴巴确像甄子丹。

扎西说他上过《星光大道》和《同一首歌》，本来在北京就要混出名堂，忽然"非典"，忽然就回到老家德钦，山间草场放牛去了。

每天对着群牛歌唱，唱累了就躺在草丛里看牛看云，牛是会叫喊的云朵，他是会唱歌的牛，如何让一头牛奔上云朵的路，似乎是万难的事。阿青布的心比乌云还惆怅。老婆送饭来，她的眼神还是当初的火热崇拜，一片冰心在玉壶的样子。他搂过她，并排躺在草地上。

《香格里拉》电视剧播得火热，世界各地的人都眼热这块月光宝盒，阿青布奔来了。

3

阿青布恭恭敬敬站起来为我夹肉盛汤，第一献歌。是个舒缓的藏语长调，绵长，迷蒙，陌生，直觉背后馨香绕梁，有百万朵花开。大家鼓掌赞叹，阿青布端着酒杯突然旋律加快，肩手摇起来："香格里拉人民广播电台，我是歌手阿青布，藏族的甄子丹，来跟着我一起嗨，嘻唰唰嘻唰唰，把唰唰把唰唰，噢，耶！"大家随他摆手说起，站起来跳舞，气氛立刻活了。

这样的酒席我没有吃过，它调动了隐秘的激情。阿青布愈加野性："有我甄子丹在场，你一定会打得很开，打得很开才算来过香格里拉！"

这只是个小热身，更大的狂欢在后面。民族大舞台，各种衣装的朋友们不断招呼饮酒，互祝新年好。阿青布拉着我跑上舞台去，与盛装的姑娘们歌舞，不管下面多少人，忘却身前身后事，只觉到两个字：沸腾。生活可以这样过，人可以这样地活，我体验到一个民族的气质和性格了。我的满族祖先原也是这样的，驰骋草原歌舞大酒放浪形骸，如今温顺拘束，找不到半点先祖的血性了。但大抵还遗存基因，一杯青稞酒下肚，我立能且歌且舞自在人间。

说旅行会改变一个人，该是唤醒潜意识里的天性。因这一个晚上，我就热爱香格里拉，热爱云南人民。

4

阿青布一年半载才回次家。有两个孩子,儿子和女儿读中学,老婆在家里种地侍候老人。我从普达措森林回城的路上,拜访过汉批村藏民家,温婉的女主人辫子盘头上,裹粉色头巾,打酥油茶,做粑粑,管孩子,对夫家恭敬如天。阿青布的老婆也一定如此贤惠。

"她让你出来吗?""让。""她不想你吗?""想,她能吃苦。"

阿青布低着头,沉默起来,其实除了唱歌喝酒之外,他几乎都是沉默的,也没有多少笑容。是流浪者的眼神,迷茫担忧,更多的我们无法知道。

5

阿青布执意伴我去了松赞林寺,云南最大的佛教圣地。土路,高墙土壁,随处有藏红飘过,飞流直下的经幡,天空欢叫的鸦群,地上叩长头者,无一不圣。我的家乡承德也有许多著名的寺庙,同是藏传佛教,但因是皇家的,建筑更壮丽些,但似乎只是给人看的,本地人并未真的装在心里。而松赞林寺才是人自己的,是人心的一部分,不能割舍,割了心疼。

阿青布唱个歌吧,我请求。我的心里任一首藏歌都是圣歌,他说不行，这里不许唱歌。谁会监督这些小事，但他在意，藏民骨子里的自律性。我意识到我与这深静的高天厚土，岂止隔着一层布衣。

6

中午去间小店吃饭，男人噼啪炒菜，是阿青布的哥们。又来了俩帅哥，都是长发，一个西部牛仔打扮，扣着一顶牛仔帽，静静坐在炉火边。另一个男人一进门就对我鼓起老大的牛眼："我找了你一天一夜，终于逮到了，昨天你让我痛苦地失身，你得赔偿我精神损失，要诉讼还是怎的？"我顿时吃惊语塞，阿青布解围，那是昨晚民族大舞台演驴的演员，开玩笑呢。

这么正经的表情与腔调，我还真以为自己有强盗嫌疑了。他继续正色道："我要到北京去，买个拖拉机，我要娶个北京女人，我们的爱情要像可乐铺满全世界。"

奶酪辣椒，腊肉羊排，特色藏粑，吃得开心，每个人都像一壶喷香的酥油茶。和朋友相比，阿青布话少，但显然他心里装着事。

7

小店墙上挂上几把弦子，不同款式。我才明白阿青布的用心。我说过想听弦子，他说他的在老家没带。

我摘下细看，弦子以马尾做成，叫"马尾琴"，区别于马头琴，像一把弯弓，随时都会射出丘比特的响箭来。声音脱尽高亢苍凉，婉约欢快，更容易表达细腻情感。阿青布戏称为"爱情的冲锋枪"。遇见喜欢的姑娘即可到人家的窗下彻夜弹唱，这可不分什么节日，随时可以即兴歌舞，表达追求的快乐或忧伤。

马尾琴抱在怀里，四个男人边弹边唱，围着火炉跳起了弦子舞，自由舒展内心欢畅。琴就是他们的手指，自如地拨出曲调。他们都是德钦人，梅里雪山之下弦子舞的儿郎。我也踩着旋律扬起手臂，沉入简洁优美的舞蹈，脚下仿佛芳草碧连天了。我成不了他们，但一会儿也是好的。

8

阿青布洞察我的心思，带来一把琴，因此又有了一夜弦子绕梁。

晚饭后，我们就坐在桌榻前，阿青布弹琴，扎西和长辫永宗和我跟着唱，一首接一首。

夜深，仍躲在小酒馆里饮酒弹唱，要打尽所有熟悉的藏歌、民歌，掏光阿青布自编的小调，窗外的月光也可以深深照耀，永恒下去。有几个小调我喜欢那词，央求扎西写在本子上。

卓玛，你的眼睛像老鹰的嘴，已勾走了我这个扎西，哎哟，你不信我的双手摸在你的胸前，我可以对天发誓。

桃子是外面的好吃，核桃是里面的好吃，红红的西红柿哟，里面外面都那么可爱。

歌尽，人影丰盈如歌，在月光下的古城，踏着石阶，抚过茅檐，水晶一样流淌。

我和古城原都在寻找一个楔子，将对方深刻嵌入。此时的月光像水中捞起的细白沙粒，沉漫下来，脚掌碰触石阶，我发现了这些微细的孔洞。就是阿青布手中自由拨弄的弦子。每一条小巷都是弦子的弯月，一弹一拨，曲才成，早谙熟于心。

9

离别的晚宴结束。拥抱，道别，下楼，身后突然涌过一浪浪沸腾的潮水。

我回过头。男人们表情郑重站立在不同方位，挥着拳头抱着臂膀放声歌唱，不同音域混合交融，好听极了。这是来自香格里拉男人响亮的温度，我像是，刹那间青翠了。

阿青布在我的额头印上一吻。没说什么，他的语言又不在服务区了，唯有眼睛深眨着。

去昆明的夜间大巴，我的梦里都是弦子，一曲接一曲，如香格里拉的流水。

10

阿青布在电话里给我唱歌。在干吗？香格里拉花开遍野，怎么还不来看？

过年了，他回到德钦尼农小村，杀猪吃肉晒太阳，家人团团坐，笑得万紫千红，阿青布身着花枝招展的藏袍跳雪舞。他是中心，他搂着他们，母亲，老婆，儿女，盛大的开心。阿青布奔跑在他放牧的地方，野云低垂，溪流淙淙，草青叶茂。阿青布儿子女儿盛装后要去跳弦子舞了，儿子拿起弦子弹起来，阿青布痴痴地望着这一对宝贝，手脚眼睛都在开心。

阿青布私信里忽然说不开心，说姐姐去了天堂。微信里劝慰实在微言，我当个听众好了。不久，他又开心了。对一张女人的照片念诗：不管走到天涯海角你都是我唯一的人。今天心情想这个小扎西。阿么么亲爱的大理啤酒。香格里拉人民就这样。今天要去草原唱一首《父亲的草原母亲的河》。

我忽然明白阿青布每天微信里的"在开心"，都是给他至亲的人看的，女人孩子父母，每天能看到他在开心，不知有多开心。

阿青布就这样不断弹着弦子，唱出他和香格里拉人民日益丰美的生活。他可能成不了耀眼的歌星，但他的确是香格里拉歌唱草原的星辰。

藏族的甄子丹帅吗？阿青布戴着墨镜抱膀问道。

365天，有364天都说开心的人，能不帅吗！

且看他的个性签名：我们中国人不是东亚病夫！

武林小悲欢

有人敲门，我开门一看，一清秀男孩闪进来，鹅蛋脸微黑，眼神清澈，利落短发，半袖短裤，深蓝书包，干干净净，一笑露出好看的牙齿，一点羞涩一点狡黠。是女儿同学，他一头扎进女儿房间，和女儿、女同学三人一起说话。

他们告辞后，我问女儿："刚才那男生谁呢，长得挺俊。"

女儿嘴张成 O 形："哪有男生，都是女的呀？"

"后来的那个，长得嘎嘎呼呼的。"我强调。

女儿哈哈大笑："那不是武林嘛。"

想起来了，是女生，但总是男生打扮的奇特女生，叫武林，不知者总把她当男孩。由于名字的硬性，也由于她的发型与穿着，而这些对她的性格与行动不无影响。影响更大的是《武林外传》的热播，她当即获得武林盟主"莫小贝"的大号。她背着大书包晃进教室的时候，总有人打趣："莫小贝，包里装的啥宝贝？"

"张三丰耍过的桃木剑，王重阳手抄的《道德经》，小龙女用过的裹脚布，东方不败用过的赤焰刀。过来试试？"小武林叉着腰甩着腔一板一眼回道，野性的眸子飞瞪过去，"会惊涛掌的还有谁啊？"班里充满快活的空气。

武林下面还有个弟弟，父亲的业余时间都用在照顾接送弟弟了，母亲开发廊，亦要早起晚归挣钱养家，没有时间给她打理收拾。武林的头发剪得短短的，女孩喜欢的羊角辫，马尾辫，藏族女孩的满头小麻花辫，亮晶晶振翅欲飞的蝴蝶发卡，都与她无缘。衣着也以简洁为主，在校运动服，在家衫裤，裙子穿起来麻烦，免。武林从小就自己梳洗照顾自己，自己接送自己，不依赖，不等靠，不撒娇，不哀怨，少见哭鼻子，纯男生性格，上小学就显出与同学的区别来。

小学校门口，还没下课，家长早成堆候着，焦急等候自家孩子出来，一旦看见老远叫着"宝宝"，急切冲上前搂进怀里，接过大书包，牵着小手奔门外商铺，买冰淇淋买小吃。"宝宝"们出校门的情况也不一样，先是排队两两走出来有说有笑，而后眼睛四处搜寻，看到了家人心花怒放，奔扑过来，看不到立刻小脸疑云密布，眉头皱起，胆怯孤独茫然四望可怜楚楚。

武林就坦荡多了，说父母放心得下，应该是没办法，谁都想给孩子更多的爱，而求生是第一大事。武林没人管接，自然眼神就不会四顾，一个人混在男孩堆里闯出来，目光毫不犹豫，直奔大门，与同学再见，独行而去，与众多陌生人挤上公交车回家，行动做事嘎嘣稀脆，小小孩子干得紧。我接女儿总是多看她几眼，她也特别礼貌，叫"阿姨"打招呼说"再见"，一样不含糊。女儿和她是好友，渐渐学得胆大，快上三年级，欲独立坐车上学回家，而先生太不放心，女儿早上告知不要接她，他仍然老早等候大门外，以为荣光亦可靠。女儿一看父亲又来了，且大手板子不由分说钳住小手就走，气得大哭起来，打着嘟噜坠就是不走。先生只好哄说，明天一定不来接。

有武林小姑娘做伴引领，我放任女儿上下学自己走。她很高兴，证明自己的能力了，小蝴蝶翩翩飞，眼里只有花香没有风雨。小朋友们也都以武林为榜样渐渐自己走了，谁还再要家人接送，多没面子，是怯懦，长不大。

初中俩孩子仍在同一学校，还是一起上下学，我从女儿那儿知道许多武林的事情。

武林特别喜欢一个女生，和她片刻难离，刻意换到挨着的座位，替她值日，擦黑板，洗衣，打水，打病号饭，热了执扇渴了送冰淇淋，周末帮她背大书包送她回家，得了好吃好玩的第一时间尽着她吃看着她玩。

那女生依然跋扈，享受她的照顾，却也欺负她，动不动甩脸色，脾气蛮横，声音尖厉，不留情面。武林私下委屈掉泪，可事后还是围着她转。

但见有时二人高兴笑得桃开李艳，草木生春，似乎捧着的被捧的，抬轿的坐轿的一般和美舒适，一棵树的枝条花朵沉沉横压在另一棵树枝上，可是二者都花色铮铮，香气淋漓，似乎不曾存在不妥。想来世间就有这样的不平衡之美。

但武林的好朋友气得背后训她犯贱，更有同学偷偷议论她，取向不正常，早熟啊？她恼了："你才早熟呢，你们全家都早熟！再乱说给你来个葵花点穴手。"

武林被那女孩拿住了，我亦奇怪，这到底是女孩子之间的友谊，还是真有同性恋倾向呢？武林和女儿也是好友，什么话都不藏，武林的烦恼都说与她，并无过分亲昵举动。但武林那么好并没换来女孩的恒久真心，很快，那女孩被班里的一个男生吸引了，以和那男生结对帮扶为由，跟老师请求搬到对桌了。武林买花买吃的，写信，找人说和，怎么也求不回来。

小女孩的天真世界经不得委屈，友谊失去就是庄重的大事一件，就是"黄鹤一去不复返，白云千载空悠悠"。武林黯然神伤，好一阵子心绪不宁，惆怅无思，糖葫芦一串吃不下，日记写了一篇又一篇，夜夜叹气到天亮，眼眶都黑了。

"你个懦妻，怎么做得掌门人？拿出点威风来！"好友给她鼓劲，想让她振作起来。

我想这姑娘虽然有点死心眼，但对人对物这片痴心倒让人感动，人情味厚，当今新生代孩子中凉薄冷漠成风，她保有难得的真诚与热肠，是值得交往的女生。

我嘱咐女儿，要多和武林走动，多说话，开导她，别让她一人钻牛角尖。她的父母缺乏时间和女儿交心，女儿看到妈妈疲惫归家还要管弟弟，根本不想说，再没个朋友沟通解闷，会留下抑郁心病的。

青春就是有丰富的修复力，忘却力，不会把自己长期束缚在一棵树下的鲜活气息；青春就是小鸟有虫吃的早晨，今儿去了，明日还早早来，照样枝叶繁荣，虫声浓郁，山高水长。

女儿比同学小一岁，初中生了内心仍是叶嫩花初，思想简单，我是喜欢的，不愿意让孩子老早成熟，在乱花渐欲迷人眼的世间先承受风雨。当然她会在同学的经历中认识友谊、人心和世界，积累自己的人生经验和勇气。

半年过去，没听女儿提起，武林大概早出离了"小悲欢"。

忽一天，女儿神秘说，武林又喜欢了一个高年级姐姐。啥？我吃了一惊，怎么个喜欢法？

她经常绕道走过那姐姐的教室，希望遇见她从班里出来，打个招呼，笑一笑，也兴奋好半天。武林是在学校元旦联欢会上见到她的，她唱邓丽君的《但愿人长久》，迷死她了。武林并不刻意打扰她，甚至那个姐姐不知道有个小女生喜欢她。武林天天学那歌，背诵苏东坡的词，原来说啥也背不会，现在动不动就是"起舞弄清影，何似在人间"。而且武林一说起这姐姐，立刻两颊绯红，声音微颤，低下头挠耳朵。

这孩子两次跌入同一河流，她妈妈知道吗？班主任知道吗？如果知道怎么处理？给她上课摆道理，吓唬她，掐制她的行动？

周末，武林和我女儿一起逛街买书，公车上俩女孩不咸不淡地说着话，突然武林眼睛直了，盯着前边俩女生瞪大了眼睛，嘴唇微张，脸涨红了，呼吸急促，说不出话来。

她语无伦次："我看见姐姐了，她在前边和同学坐着说话。"

我女儿说："那你快过去叫住她，跟她打招呼去。"

她说："我不敢，怕说不好她笑话我。"

"还是不是莫小贝了，精神哪里去了？"

武林有点自卑，用力攥紧我女儿的手，汗水湿透了手心，脸也冒出细细的汗珠。过一会儿，车到达站点，那姐姐下了车，直亮的长发飘在白衬衣上，微笑的侧面恬静怡人，是让人喜欢的模样。武林失落地闭紧了嘴，泪水蓄满眼睛，一直望着那姐姐到拐弯，整个大街都暗淡了。

我在琢磨武林什么心理呢？是家长的疏忽让她缺乏关爱，要反其道而行，去关爱女生？她在双性中摆荡，陷入自己是男生女生的迷惑中？是不是应该提示她妈妈注意，以防将来有了问题不好修正，但如果大惊小怪，孩子根本没事反倒尴尬害了她。且静静看着她走。

芭蕉绿了樱桃红了，好在那个姐姐很快考走了，武林的惆怅失去了对象。她也勤恳读书了，后来念一家高职院校，读的幼儿教育，消息渺茫了。

几年后再见武林，梳长发，穿长裙，眼光明媚，面目生动。看她牵着孩子们的手唱歌跳舞，看她甩动长发走在人群里，看她自信满满阳光下绯红的脸，我真高兴，当年青涩的"假小子"是哪年春末的刺玫了？

幸好没有人惊扰她，让她自行扶正，长大成熟。我们中学年代也都有一个形影不离的女同学，上课下课腻乎一起，是相互的依靠，纯真美好，并无人说些什么，船到桥头自然直。

也许就是一朵花对另一朵花的欣赏，就是一种青春期心动，多美好的心动。

像喜欢一枝耀眼的牡丹那样，喜欢一朵低垂的玫瑰，像喜欢妩媚的柳梢月色那样，喜欢草地上一只奔跑的蝴蝶。她只是像蜜蜂吮吸花蜜那样，吮吸雕花的晨露，那小小的一掬水里，怀着心灵深处的欢喜。

我是武林，我是自己的盟主，管理自己的花园与天下。

春有百花秋望月，夏有凉风冬听雪，差异总是存在的，但核心都是开花结果。

而每朵花都有自己的秘密绽开方式，呵护这个水晶般的秘密，才会结出圆满。

羊群里躺着想念的人

1

那年盛夏，去青海旅行没带厚衣。安排起早贪黑，只有趁午饭的当口冒次险，我和同伴打车买衣去。迅速瞄中一身湖蓝牛仔，刺着桃花数枝，魅极，暗喜。紧赶回来还是晚了，一车的人等着，我俩灰溜溜抹上满嘴蜜道歉，大都善意表示理解，有个文绉绉的男人磨叨没完，我的脸红到辣椒地了，抱着那身青海花儿无限郁闷，真想跳起来咬他。

塔尔寺，人多得窒息，脑袋都没处飘了，更添烦恼。宗喀巴大师初次听说，听了许多遍还是惭愧记不住，那些繁复得不能再繁复、精致得不能再精致的建筑，才让我叹了又叹，闭上眼睛飞檐峭檩莲花千叶嘤嘤不去。以至我毫不搭边地想起乡间，初夏猫在谷子地薅苗一整天，看山看水看窗户看人脸都是乌泱泱的苗，闭上眼亦葱茏不止。概今晚酥油灯里的重檐叠瓦要排队入梦了。

或许佛教圣地与田间地垄本质同一，都生产人间食粮，一个果腹，一个慧心。只有两者都充实的人才有安全感和幸福感。

忽而一道阳光刺开雾霾。起初对宗喀巴大师为学佛不见母亲，颇觉不妥，以孝为大是国民传统，对六祖慧能也曾不解，本打柴侍母，忽然一心求佛，给母亲扔下几个钱远远走了。后来才看到，慧能是等母亲三十三岁离世后，才离家，这样才合慈悲。宗喀巴大师并不是为难母亲，是在度母，与母同在莲界，自然心眼相通了。我也盼着这样的心眼通天，心志能在有情无情之间轮换。此时想起误车之事，客有怨言是督促你忏悔，不说不语者即是宽容慰藉，一红一黑东边日出西边雨，无情也是有情。我释然了。

人散，寺空，高墙，老菩提树，深窄的胡同，日头一落，后背瞬时凉透了。立刻披上牛仔新衣，背后有温热的手掌护着一般，心中默念宗喀巴大师。因他和母亲诞生了塔尔寺，赋予青海无穷的魅力，就像康熙赋予了承德永久的恩泽，没有避暑山庄，我的老家承德不会名扬天下，没有宗喀巴大师，我们不会站在清凉的地界沉思。相比皇帝的云烟易散，宗教力量更加盛大而持久，它渗透的是每个人的内心。塔尔寺，整个青海，辽阔的青藏高原，每一个到达这片土地的人，都将沐浴黄教的恩惠，你听得到风声雨声，就看得到大师殷勤诵经摆渡慈悲筏的影子。

我在塔尔寺的大门口绽开了笑容，像一只鸟翅膀轻松，扇动云层。那之后我出门宁可多带衣服，尽量不要给别人添麻烦，遇到有人上车前失踪一会儿，不急不躁，正好多看会儿风景，报以微笑。后来许多衣送人，这款歉意的青海花儿我必留着，每年春秋替我挡两天风寒，提醒我，厚德载物，雅量容人。这是青海给我的热身第一课。

2

一路奔向青海湖，地势越来越高，兴奋度随之涨潮。油菜花来了，大家离座奔玻璃窗，叫嚷咔嚓；油菜花更大更金黄，叫嚷咔嚓；雪山，银簪子金步摇闪烁，叫嚷咔嚓；隐约一片蓝羽毛，青海湖哎，叫嚷咔嚓；转个弯，鸟翅变成独木舟，咔嚓；小舟拉长拉宽，世界屋脊瓦沿上奔跑的火车，咔嚓；火车驶向宽阔纵深的林带，咔嚓；终于窗玻璃装不下它，大巴装不下它，眼睛装不下它，还想喊，还要拍，对不起，嗓子哑了，相机没电了。

直接傻。情感的兴奋与高潮都扔在路上了，真摸着青海湖的酥胸，它承接的是一堆疲惫的、失语的身体。沿湖缓缓走，不得不行马斯奈的小提琴曲——《沉思》状，有些嘲讽，失落，对青海湖的愧疚。回头察看一路从车窗拍到的油菜花、雪山和青海湖魅影、斜花、扁草、断烟、残墨，无一可用。

那么大的愣头青。这是青海湖让我跟跄喘息的第二课。目的是终点，就不要把热情全部洒在半路，大浪该撞击最后的礁石，才能卷起千堆雪。我只得安慰自己，譬如登山，意在征服。看湖需要静，看青海湖需要全身心，心不需要过劳，只要感知，所以音像，甚至朋伴都是累赘。要像蚂蚁，一心奔着食物，路多么坏左右不了它；心情多么坏，青海湖能实现乾坤大挪移。

事实证明，心无旁骛，才会被征服。蚂蚁攀上大象，我陷于青海湖偌大的蓝。

山是水的枝干，仿佛入水，仿佛出水，入还是出？雪是水的花朵，仿佛开着，仿佛落着，开还是落？纷纷湖畔行人，一脚进来，一脚出去，来还是去？

翻涌的蓝波梨花带雨，闭不上春天的门，我大大咧咧坐在门槛，抓住一把把逃跑的蓝。

是满园丛生的鸢尾花，慷慨地开错了地方，郁郁累累，占住谁的故乡。

是凡·高涂抹向日葵的手涂爆的幻象，饱满的蓝，怒放的蓝，让人发烧的蓝，让人担心的蓝，让人心潮起伏尖叫的蓝。疯狂的天才还隐在湖边思忖，哪儿再泼出个祁连山脉。

那蓝是一腔孤独寻到了出口，必要来一顿痛快的倾诉。它热情舔舐我的脚踝，以为是它的石头，它的海藻。而我是一尾鱼，粉妆的桃花鱼，它即张开孔雀的蓝鳃，吸了鱼的骨髓。那里有光亮和爱，有鱼不知的乐与忧。

青海湖是海的背影，还是海的缩影？上古时它原是一片海洋，想怎么折腾就怎么折腾，但太久的澎湃太多的容纳，大概也会疲惫，它把身体交出去，把波澜壮阔交出去，把世界和天空交出去，也把万众的咆哮与赞美交出去，亿万年的阵痛与层层铺垫，它终于托起了高山，自身退为一轮小小的日月。凡出走的归于宇宙，而宇宙盈盈在心。它小，它清，它是海的眼睛，海的心跳。

万千呼啸都撒了手，褪去郯光，成为凡人，谦卑，舒缓，干净，无挂碍，青海湖是一樽供奉的蓝花，你看不见的柳枝在摇曳，一颗无限灿烂之后静寂的内心。

青海湖，是一尊卧佛，它是海的修行，会诵经的鱼儿一尾一尾地游出，沿途摆进道行幽深的塔尔寺。它们遥遥呼应，以草，以花，以云的姿势，青海花儿悠长的调子一路摇曳。

3

岸上有十来岁的小女孩非常灵秀，穿戴漂亮的藏装，头饰，语音脆性美好，领着小弟穿行游客间，我走过去，她即刻开口："合一张影吧，五块。"

她还可爱也不失天真，我的心上忽然凉了。本想与她合个影，止住。她没有一点不美，那么会说话，你拒绝了也不恼，蹦蹦跳跳找下一个客人。她没有丝毫的羞涩不适，完全大人式兜售的口吻，说明她已长期在此做生意了，脸上的高原红严重灼伤，又让我深切地怜惜。不是周末，她和弟弟该待在课堂。我笨拙地想，她若能挣更多的钱，她母亲必定不放过摇钱树，若大家都不理，她或许就回到课堂了。她的母亲其实在旁边管着小货摊，时刻盯着一双儿女走远，笑着，开不开心不知道。

我奈何？我脑中闪现旧时的报童，满大街兴奋跑着喊"号外号外"；闪现女子挎着货架小巷里带点忧伤地叫卖"香烟洋火桂花糖"；闪现少年阿信七岁出门谋生，小姑娘一步一挫百折不挠终于拼出八百伴。这小女孩将来或者会遇着机缘，变成叱咤商坛的女老板，有许多小伙围转。可能吧，七岁看大。

远处的蓝波渐呈灰色，十分红处便成灰，十分蓝处也成灰。

那是它的一点悲伤。也正因为有悲伤，青海湖自有高处的深沉与庄重，它依然容纳很多，给予很多，也更需要清净的佛音，缓缓吟荡。

青海湖是人间仙境，但到底不是天上的，有柴米油盐酱醋茶七件大事呢。

我真心希望小女孩不是卖相挣钱，而是唱歌，唱窈窕妩媚的青海花儿，唱阳光蔚蓝的青海花儿，唱男欢女爱酣畅富足的青海花儿，发扬光大青海花儿。

当然小姑娘的花开还早，她是一枝小小花骨朵。但是她唱着唱着就长大了，她还要是草原的云雀，游人在湖畔，草原，在油菜花里，随时能听到她鸟儿般的鸣唱："青石头青来蓝石头蓝，青石头的跟儿里青着；阿哥是孔雀着虚空里转，尕妹是才开的牡丹。"她会找个懂她的高原汉子，也许会遇到王洛宾那样有满肚子故事的民间歌者。而每一个见着她的美貌，听她唱地道青海花儿的人都不能忘记她了，都在梦里梦外念着她了。

我 2007 年去的青海湖，如今小姑娘也该是美人鱼了。我跟她无亲无故，但我一直念着她。青海湖也是一条美人鱼，如果你站在远处看，塔尔寺也只是枚珠贝，是个手拿经卷目光温良的男人，他们游弋在金色的草滩、羊群之间，他们都是我惦念的亲戚。

山村弦歌

家有一盆文竹，要长到窗外了，教师节得的，学生特意全体起立唱《感恩》，一百零八枝花朵一百单八杯红酒，我那天臭美得四处嘚瑟。

窗外秋玫瑰开得正好，我的记忆跨山跨水一直通到故乡，村庄小学课堂上。那时我们也给老师送花，五月初山丹丹开成焰火，我们都是采花大盗，家里，老师的办公室桌上，教室里的水桶也栽满了，香气汩汩穿流，我们就是一株株快乐的植物，老师俨然是护佑的"树头"，还必带一束花回家，给他病瘫的老婆看。

他疼爱那个病恹恹的女人，尽力让她活得舒服，每晚为她擦洗躺下，才去判作业。女人不想拖累他和孩子，偷喝了农药，恰好他有事赶回家救了命。他严肃地哄她："为啥你得稳稳地坐着动不了，你是树根，树头的主心骨，你没了我们活不好。"女人便高兴做起了树根。

贫困，劳累，睡眠不足，他的脸像松树那样常青着，又永远地穿草绿的衣裤，背草绿的挎包。早起去田间劳动，奔回家做饭侍弄老婆孩子，拿了馎馎路上啃，小跑三五里到学校，用现在的话叫深圳速度。校长吹口哨了，他衣衫整齐，及时站在了课堂上，看他的虾兵蟹将闯进来，细长的眼睛荡起得意的笑。

树头脾气好，但对男生犯错误不客气，脑崩子弹得铮铮响，一脚踹屁股从讲台踹到门外去。乡间的孩子太野，课间也跑到树林里转一圈打一两只麻雀，拔光毛用纸包起来，就地挖坑烧烤，吃得嘴边黑漆漆。要么截水抓鱼，顺便拎几只青蛙水线虫回来捉弄说话咬舌的女生。

树头对女生就宽容多了。课间休息时间长，我和女伴也上山了。男生摘杏女生坐在树下吃。吃完把水泡泡的嫩瓢冷不丁地挤到别人的脸上玩闹，牙酸倒了，方想起还上课中，"妈呀"一声跑回去。

树头的眼光似立秋的剑，穿透几个女生冷而不滴血："下次注意！"转到男生处立刻霜降了，全部面壁，一屁股一脚，写三篇深刻检查。一篇班上念，一篇拿回家，一篇留底，敬待期末表现。

树头作文课上格外活泼，声音敲大缸似的，震得土墙都掉渣，总算换了白背心，讲出汗了便撩开去挠挠肚皮。小学老师很累，两个年级同上复式班，要变换多种角色教所有的课程，我是觉得好的，早早做完作业听高年级课文，趣味得紧。

蛤蟆骨朵儿在黑板上游来游去，音乐课上，他摆弄五线谱，想给榆木脑袋们开开仙窍。我们这些笨拙的蛞牛儿苗的表针，没一个走得准，干脆画小人描张飞赵云去了。老师看情形不对，立刻又张开大嗓门："啊，牡丹，百花丛中最鲜艳。"声振林樾，一群亢奋的鸟呼啦啦扑过来。他的青黄的脸也变红了，像年轻的没有任何压力的男孩，在田野小径上自由地奔跑。忽而眼睛湿了，他转身出门。我们仍扯着吼"你把美丽带给人间"。

黄昏，我们值日锁门，听到幽怨的《二泉映月》，树头老师坐在台阶上拉二胡，专注，颓废，忧郁，满目悲伤的水汽。地雷花静静开着落着。空旷的校园，后面萧条的秋草坡。是整个小学时光最寂寥的一瞬。

我们不懂他的忧伤。

不久小学撤了，给钱少又拖欠，没有老师来，几岁的娃就得过山过梁找学上。封山育林了，拖拉机种地，牛群也没了。孩子老早不念书打工嫁人去，山丹丹花开了，艳也无人采。树头老师和他的老婆孩子怎样了，我不知道。

有时路过他们村庄，白墙红顶都是新房子，他大概早脱贫了，也老了。还能拉得动二胡不？

拾　妇

拾荒老妇

　　闹市墙角。穿旧花背心的老妇歇在阴凉处，低头认真念一本书，仿佛摩挲一个珍宝。屁股下垫着破纸箱，身旁一堆破纸箱。人来车往，叫嚣不绝，乱到此处忽然消音了，无世间，无肮脏，无贵贱，只有一尊圣母，沉静无极，像一豆光，结在光上。

　　她为什么是看书，而不是干别的，比如挠挠头发，抠抠脚丫，替流浪狗揪一只草鳖，张着闭不上的嘴傻傻地瞪着路人。

　　这可能是个习惯。比如乡间妇人，一生忙碌，撂下锄头就是扫帚，一旦坐下来，立马拿些炕上的活计，搓段麻绳，纳个鞋垫，摘筐豆角，挑把韭菜，很少对着镜子好好梳梳头匀个脸，自然看一堆孩子玩个没完也会气不打一处来，抡起烧火棍揍一顿，倒一炕玉米棒子搓去吧。这拾荒老妇大抵如此，手里总得有个抓挠。

她偏拿起了书。她可能如我的奶奶，因不识字而特别看重读书人，愿意抚摸白纸黑字，闻一闻墨香，甚或一点霉味。或者像我的母亲，勉强念到高小，能识文断字了不得，更加爱护书本，用旧年画小心地包书皮，把好看的风景或美人头折在封面，一笔一画写上孩子的名。

老人看的是一本旧农历。腊月赶集，接画和窗花回来，父亲顺便毫不眨眼地买一本农历。晚上灯前细细检阅，眉头舒展。然后我也小心接过书接过警告不要折损不要乱扔。薄薄的三十二开，有春联、农谚、四时节气解说、医药应用，甚至还有一两则名人轶事，三两段经典杂文，是个百宝箱。父亲最喜春联，要写全村二三十户人家的春联，趴在柜子上仔细琢磨，再依样造些个用，满屋红纸墨香。我家还存着父亲 1989 年的农历，前些日子翻翻，五味杂陈，父亲不在已多年。

我路过老妇，稍停，拍了她一张侧影。老妇还安详地坐那儿认真读，头也没抬，天然身无万物，像石头在水流中。

太阳毒辣地烤着皮肉。古人说心静自然凉，心远地自偏，我实在需要拎着书本闹市一角蹲蹲，修行。忽觉老妇人就是一尊佛，观世音菩萨变化的。

挑　妇

雪后傍晚，非常冷。火车站候车，贩卖水果的挑夫都撂了挑子歇着，铺张纸坐地上，四个方篓倒扣，吆五喝六甩扑克。他们凌晨三四点起床，蹬三轮赶到火车站，七点多钟到达城市，挑着沉重的筐篓疾走街头，散落于大小胡同，晚上五点多，不管有没有卖完，再从小巷深处挑着筐赶到车站回家。

这是男人的事，却也有许多女人挑筐贩卖，看年纪四五十岁，背微驼，脸色青污，发丛乱系。三五个凑一起轻声说话，有的闭了眼靠在椅背上，没有任何表情。筐空了，或剩些盖着破棉布。像她们的心，空着，或有一点梦想，花衣香粉娇滴滴，别人的传说。

她们的孩子或许就坐在我的课堂上。总有些孩子课堂与之无关，描不完的脸，挖不净的冰淇淋，听不到头的歌，大战不疲的游戏，呼呼的脑残。偶一为之是无心，天天如此就是无知加蛮横，不懂得尊重劳动，真把那颗好端端授业的雄心冻死了。父母或许知道孩子的秉性，也无奈何，疲惫先打垮了他们。

一方水土养一方女人。果实累累的逼迫，没得选择，明天后天明年后年，一生只为果实忙。看见果子会有厌倦和悲伤吗？可有果实之外的生活？我原怀着愁烦的，此刻反为她们愁。

我村庄的女人享福多了。男人出去打工，种地施肥收割都回来做，孩子十个有九个读不到高中，就打工嫁人去。女人没啥事，唠嗑搓麻将。野菜下来，愿意吃些挖半筐；有收药的，能动就刨点零花；蘑菇长势好，喜欢就钻林子去。没有人逼着做什么，男人比着疼老婆。

夏天，午后大雨。男人卖杏，兴奋地说，卖三筐了，又运来三筐，杏熟了，四五天光景就落地了，必须抓紧。他的右手中指包着创可贴，说急于火车卸货，碾掉半拉，疼得直吸气。我说你快去医院消毒缝几针啊。他说不行，果子烂掉了可惜，你随便挑，大黄红杏，树尖上的，卖谁不是卖。雨越发大了，路边商店老板娘给他支个太阳伞，他千恩万谢，说晚上到夜市再去卖。我问，那么多女人挑筐贩卖，你家的女人呢？他摇头："不让她干这种活。"

到底还有疼女人的。雨还大，我担心他那三筐杏卖得难，迟了回家，他的女人也要惦记的。黄昏时雨停了，晚霞灿烂，我舒了一口气。

琵琶奶奶的老时光

听说琵琶奶奶下世了，显然是寿终正寝，面目金黄皱纹舒展，倒比活着时耐看了。多少有点诧异，老太太就像阳坡弯上的枯草，风一吹就冒芽，怎舍得撂下一院的宝贝走了。

老太太长相独辟蹊径，脸洼抠着，初看像麻布口袋，细看是大旱年间没有收成的向日葵，十指伸出来像鸡爪会咯咯叫，仰脸一笑皱纹堆起像丝网上蹲个大蜘蛛，似乎从来不曾豆蔻梢头过，真佩服有人胆敢娶进门来，一条大炕碾来碾去，竟成骄横的主妇，同时拥有几个水葱似的孩子，非要屋里屋外映衬出她的薄寡来。

她的头发一年只除夕一洗，还说伤元气。村里许多老物都下架了，唯她的发上还梳着髻儿，窝着上世纪盛产的虫儿。人越老越瘦黑跟生满苔藓的老树桩没两样，如果再成比例缩小，小到米粒那么大，就名副其实一只母虱子了。村里一介书生取笑曰：老琵琶精。概缘于宋徽宗"朕身上生虫，状如琵琶"。踉跄的旧年，一条衣衫穿一季，谁的身上不曾养着一家老小。隆冬夜晚的火盆里，成堆的琵琶精被执以火刑抄家灭门，仍止不住虱子军团纵横驰骋，一家女孩就被吃掉了发实在可怖。父亲的身上却干净，概因每日吞服大量药片，血里自有着三分毒，虱子路过诊断：此处不宜栖居。后来大家都洗心革面，鸟枪换炮了。唯琵琶精奶奶坚守堡垒，毛发里照旧精灵出没。人们一般不敢太靠近她，精英们惯会借路搭桥，出国捞油水，想着就哆嗦。但她是绝不会咬痒的，坦坦然安坐，不曾搔下塞了厚泥的灰发。账多不愁，虱子多不咬，罢了。

干巴巴地瘦，却是极能干活的。但有山货下来，天不亮就挎上大筐口袋上山赶头茬，捋野菜或是采榛子，都是饿虎扑食，十指鸡啄碎米，吃着碗里看锅沿的，别人只能捡剩。大家还吃着饽饽咸菜喝泉水歇会子再干，她早撑满了大筐口袋，过倒奔梁回家端坐炕头了。由她治家管理，那点田地起个大早贪个小黑就收拾齐了，家境殷实，日子宽敞。

但正像她的人长得干瘪，过日子也细到针尖了。树叶落地下当鸡蛋，一根草棍也是金条，哪个孩子攀墙摘了几个大红杏，她光着脚板也能撵出二里地去。她倒也从不贪图别人的便宜。

节俭是美德，过了就是吝啬。穷时没人说啥，日子好过了，家家饺子米面肉，琵琶奶奶还发扬优良传统，新三年旧三年，缝缝补补又三年。老头子难受了。发白了，孙子满街跑了，能有几年活头，天天盐水煮菜，戳一筷头子荤油开锅时漂进去，就算改善了。且慢，细看，一只玉面琵琶搁浅在一片绿叶上。那是琵琶奶奶热气腾腾做饭时掉下的，咋吃？照吃，能扒下两碗干饭。瘦人偏有蛮力，说不过，打不过，老头子认栽。偶尔哽咽着说给别人听，哭得那么伤心，像惨遭毒婆婆恶欺的小媳妇。自己做着吃呀。琵琶奶奶哪给别人机会，那么勤快，不容别人插手，油盐酱醋都跟钱一样，上锁的。吃根烧棒子得从肋巴下去，能骂你到二半夜。窝囊。老头一气之下喝了农药。农药怎的不上锁？琵琶奶奶真吓着了，一通号哭，一面命人赶着做装老衣裳。结果没死成，假药。一家子欢喜，老头也以为因祸得福，老婆子总该善待他了。太阳照常升起，还是一锅清水大杂烩。老头低声咒骂着："钱都留着擦屁股。"琵琶奶奶敲着门框嚷道："细水长流没错，这要有个荒年……糟蹋就是造，就是作。"

琵琶奶奶的妈是活活饿死的，低指标时，草根树皮玉米棒瓤观音土煤渣都吃没了，她妈的细脖子无法支住大脑袋，脑壳像断了一样前后晃荡，还要四处给孩子找吃的。她忘不了。

细到断了，人就绝望了。一日燥热的午后都睡不成觉，大家在街头聊得比蝉还乐和。老头突然在大门口喊："老婆子，赶紧回来给我准备后事吧。"循声这么一看，大家都吓傻了，老头穿上了新鲜鲜的大蓝棉袍寿衣。琵琶奶奶骂道："死老头子，闹啥妖呢。"继续知了知了，待凉快些，方才转回家去。众人听得她极其悠扬的一声长啸，老头真在炕上挺了。

大儿子四十多了，好不容易等到琵琶奶奶允许分家另过，这厢高兴，天天酒肉招呼，不到几年吃出一边瘫了。琵琶奶奶指着儿子说，不听老人言，吃亏在眼前。她连感冒也是没有的。八十多岁的老妈搀着六十岁的儿子，颤巍巍下台阶，满地细碎的光阴，温馨又悲伤。

小儿子是语音不全的，媳妇是哑巴，生杀由老的操纵。好人都顶不上她利落，况哑人，慢一慢，头上就挨一棍子，哑媳呜啦啦叫。饥一顿饱一顿，实在难熬了，偷着在灰火里烧土豆，眼见熟了，香喷喷扒着吃，琵琶奶奶火眼金睛，一掏灰耙打在脑壳上，抄过土豆扔到大门外了。傻媳妇抱着鼓起大包的脑袋追出去，琵琶奶奶跑得更快，一脚踩碎，让你馋让你吃。媳妇不几年就折腾出大病，没了。

顽固的吝啬像她发里的琵琶精，仍与她不离不弃，仿佛另一种繁华绵绵不息。孙子耍赖要吃的，她能把一根藤条打断几截，孩子吓到发烧说胡话。觉着小命要玩完，琵琶奶奶这才想着买上一根冰棍一包糖果来哄。

她对家人苛刻，自己也是不吃的，谁没有馋的时候，她就从来不馋。前世一准被这一家人硬逼着吃肉吃到吐，今生当了假尼姑，来寻仇了。然她的心神与宗教无半点关联，不念佛更不知基督。也有人劝她，你不要太细，土埋脖颈了。她断然否决："我这样的细，还不及我妈的三分之一，我不照样水灵灵。"众人立刻无语了。

她的一生也有两大快乐事，玩牌算一个。老辈子传下来的纸牌，细长腰身，似乎上面有魔咒，神秘着，只儿个老人会玩。但见琵琶奶奶一手拢住一把牌，一面抓向自家后衣襟，顺当当摸出个大虱牛来，拎到窗台侍候，大拇指甲铡刀一按，嘎嘣，碎尸血溅，回头不误和牌赢钱。输了也不赖账，倒有牌德。丁丁卯卯，泾渭明白。

剩下的快乐就是村头晒太阳。傻媳妇抱着婆婆的头，略一扒拉便掐得风生水起。再拿致密的篦子刮虱花和虮子，把搂草一样不放过一块地。琵琶奶奶这才显出女人的柔顺来，舒服地闭了眼，像刚刚睡下的木乃伊。

有时看到这些难得的景致，我也是愣怔许久，时间突然慢下来，古旧的过去在街头婉转。这样的老人是井边的瓦罐，破损了亦能照见村庄前世，美人老爷下棋的书生，麻牙大嗓的长工，鬼狐故事夜黑头，狼长嚎猫头鹰怪啸，五月青苗地撒欢成瘾的少年……

谁也不曾想到，人生最后，素食一辈子的琵琶奶奶忽然开口了，好像回光返照，人家是肉体的回光，琵琶奶奶是思想的返照。她像神婆子突然哈欠连天，涕泪四流，来仙了。先前闻着油炸葱花也要呕吐，突然间要死要活地就想吃肉了。亲自逛集买肉炖肉，贪婪地盯着肉块在锅里欢叫，一顿一大碗，越肥越香，有点啥事误了买肉，馋得涕泪四流。想交流一下吃肉心得，女儿们一出嫁再不想着回家，孙子出去打工也不回了，忙活一生看似满满当当，实是悲多欢少。琵琶奶奶一生也只哭过三回，老爹老妈老头，这一年两条泪腺一直泉水叮咚。杏子熟透了，琵琶奶奶招呼孩子上墙摘去，孩子们撒腿跑了。琵琶奶奶凄惶地倚在树下，杏子啪啪落地了，摔成泥了。

一天梳头，琵琶奶奶失了声惊叫，满头的娘子军一个不见了，头发里光溜溜，空荡荡。她的心也突地沉了，空了。

她拎着酒肉一步一挪上山，像一棵枯萎多年的歪脖树。羊倌儿看到她坐在老头的坟前叨咕良久，几次起不来，可是一起来，就特别利落地下山了。那晚，琵琶奶奶自己穿上装老衣服躺好了，头发洗得干干净净，抹了自制杏核油，苦味的甜香散在老屋里，久久不去。自此，虱子在村庄绝迹。

我愿意成为那样的老师

讲台是黑白生涯，能最直接碰触孩子的心灵，我以为乐。任教多年，有三个学生的话让我震动过。

第一是临床班男生。"学校老师没一个我服的。"他说。我震惊："是教学不认真还是讲得不够好。"他说："知识贫乏，照本宣科，文史哲一塌糊涂，凭什么来教我们。"我再惊。学生有点狂。果真他在班里算是异类，课堂内外遇不到知音而内心孤独。我说事情绝不是你想的那样，许多学者书虫歪才没机会感知。我对他描述我的读书生活。有八年时间因课少都泡在图书馆，先将所有琼瑶一网打尽，自己也快歇斯底里了。之后上百本武侠小说，以我看书的速度要把金大侠们累死。之后挑拣各国文学名著，最喜黄山谷语："人不读书，则尘俗生其间，照镜则面目可憎，对人则语言无味。"我不是为面目的好，至今也属言拙木讷。就是喜欢，像蚕吃桑叶，吃到体白透亮，缫丝织衣，有锦绣的微凉。

男生笑了。他认为意大利《玫瑰之名》是世界最好的书。他不说《红楼梦》《水浒传》，不说《复活》《悲惨世界》，而是充满神权与人文主义战争的探索小说，阅读难度大，不简单。他需要一份交流认可，我愿意成为他的知音。他的话是善意的提醒，老师们大多只注重专业，翻翻《读者》《意林》就算看书了，这远远不够。要养活一群小鱼，必要有大量富含氧料和矿物质的活水。你凭什么让学生从手机的狂欢中抬起迷蒙的眼，支起听惯《最炫民族风》的耳朵？我不敢放松读书，借孟子语，我善养吾浩然之气。不是要讨学生的喜欢，是应该如此。

第二是检验专业男生，课下与我抱怨："一老师上课全专业术语，一堂课没说人话。"悲哀了。人话是什么，是说得明白，能听懂的。医学专业本就莫测高深，教师不进行通俗转化，理解太难。各行业都一样。蛇年春晚，哈文对主持人提出要求，一定说人话；《美文》副主编穆涛对作者说，要说人话，说正常人的话，说健康人的话。一导演对演员说：一说人话，二说人物的话，三说人物背后的话。

说人话看似简单，其实难度不小。浅显家常又要生动准确，需要历练。研究教材教法之外，要花时间研究语言的表达，不要晦涩，云山雾罩。有人问爱因斯坦什么是相对论，他说，跟你不喜欢的人在一起，就算一个小时，也会觉得很久；可跟你喜欢的人在一起，就算一天，也只像一小时。我希望能像爱因斯坦那么聪明，把最难理解的知识诗化形象化生活化。

第三是护理专业女生。她常见我穿着不同款式衣裙，羡慕说："我班女老师就一身运动衣鞋外套白大褂，我们请求说，您也给我们穿一次裙子吧。"白大衣下面露出一角的烂漫，学生也会欢呼。学习到底是枯燥的，允许有审美疲劳。常年一两套衣服或一色白大衣阉割色觉，肥大窝囊缺乏美感个性，学生自然厌弃。我们上大学时，多灿烂的夏日一女老师三十天只穿一件深色外衣，每次走进课堂，我们都失望一次，无可忍，终于写了条子夹进老师讲义里："我们都想看到您穿花衣服的样子。"老师真穿花衣进来了，她听到热烈兴奋的掌声，流泪了，那堂课格外好。

汪曾祺说西南联大师生穿着破衣烂衫，却孜孜不倦做学问，不坠青云之志。民国的先生站着不语，也全身是话是骨。时代变了，仪容仪表根本不能忽视，是对学生与知识的尊重。老师精神健康热情向上，更能吸引学生，亦可引导学生着装与生活理念。学生看你还是听课？首先得想看我，否则课件再好，学生厌弃，效果零。

如此，学生热爱的老师是：博学，知性，仪表美，说人话，尊重学生。是我努力的方向。

我崇尚早期北大老师的讲课风采。闻一多先生点燃烟斗，抽烟的学生也点了烟斗，先生开讲："痛饮酒，熟读《离骚》，乃可以成为名士。"一句就骇住了。很多工学院的学生宁可穿过一座昆明城来听课，值。沈从文先生讲课从无系统章法，逮住学生的作业就问题论讲，从不引经据典某某说，只强调耐烦。吴宓先生讲《红楼梦》，看到还有女生站着，赶紧去邻屋搬椅子，待"宝姐姐""林妹妹"都坐下了才开讲。胡适先生是演说家的神态，热情诚恳带一股自然的傻气，特别感人。鲁迅先生声音平缓，面目冷静，语言平常，然而教室里突然爆发出笑声了。徐志摩干脆把学生带到郊外青草坡上杂乱坐着，听小桥流水，望群莺乱飞。

梁实秋先生长袍马褂千层底布鞋，讲解英格兰诗人彭斯的小诗，情思悱恻，一女生伏案大哭。

那真是先生，为学为人开放新鲜，传播独立思考学术自由之风，汪老说那种精神的东西，是一种格调，气质，如云如水，水流云在。我愿意成为那样的老师。

家风·底子

我姥爷只得拿着那张压箱多年的地契合约，凄惶地去寻友人，看能否拿回多年前的旧债。

倒比个借钱还要为难，仿佛是他对不起老友。当年老友借钱做生意，要他当保人，并郑重把地契等手续交给姥爷。可是还钱时间到，朋友赔了，借家找到保人。我姥爷是堂堂正正的教书先生，言而有信，没二话，手头有钱就代还了。友人几年后并没来还钱，我姥爷也压根不去提醒。后来发生了1937年那天大的事，姥爷失了工作，一大家子四处逃难，羊毛都拔光了，我姥爷这才想起老友这档子事儿。

走街串巷寻到老友家，推开门，一片颓唐，门窗凋零，破柴败絮，枯叶般的女人呆坐窗下，孩子嘤嘤哭。问友，已去世一年了。

我姥爷一时跌坐廊下，良久无话。斯时小日本横霸太原，饥民饿殍，悲郁累累。

妇人说，她男人死前求她不要走，就是饿死也要等到姥爷。妇人说，您来了，这房屋您收好，我就放心带娃逃荒去了。

我姥爷没说话，把地契整整齐齐放在女人手心，也放上兜里仅有的零钱。

我姥爷几步跨出院子，掩上门，一颗泪才落下来。秋凉了，他瘦影薄衫，像老槐叶，在风里抖。蓦地，门里传来抑制不住的号哭。

上世纪五十年代，我姥爷学校发工资，小心装包里，一步一量走上十余里，赶到家。倒出钱来一数，多十元。我姥爷眉头一皱，立即出门，一步一步量回学校去。会计满头大汗正在查找，我姥爷满头大汗推门而入。两个互相十分恳切地说"谢谢""对不起"，我姥爷说没有及时查看，害人家着急。我姥爷终生没学会骑自行车，那时也没有公车。

我姥爷教地理，把地图完美地画在黑板上，联系风土人文，诙谐渊博，学生一向爱戴。正板书，一调皮学生玩弹弓，突然失手弹出小石子，击中姥爷后脑勺，立马起了青包。小伙伴都惊慌了。老先生德高望重，领导很生气，一致认为该开除学生。姥爷给拦住了："还是个孩子，知错就改就行了，别因为一次小错就影响他的前程，他的人生路还长着呢。"

小外甥和邻居孩子吵架，邻居爸气冲冲来家找，女婿见状不问明白勒令小外甥跪下。我姥爷恰好经过，平日他对女婿自然尊重，这次杵着手杖一脸怒气："孩子若有错，应该耐心开导，怎么能用下跪方式，侮辱孩子的人格呢？"小外甥数学不开窍，女婿讲了两遍还不懂，抬拳头就打脑袋，骂笨蛋。我姥爷看到更生气："学知识不是打出来的，是教出来的，要有耐心，上来就打，太不尊重人格了。"姥爷坐下轻声讲起来。小外甥还是落下病根儿了，不敢背对着屋门坐，门一响，就怕父亲的拳头突然捶下来。

冬日，炉火旺，烟箱上烤着馒头片，瓷茶缸温半杯茶，我姥爷抱着厚厚的线装书，整个上午不动窝，透过厚厚的近视镜，读得风烟俱净。偶尔呷一口茶，嚼口馒头片，随笔点评。有孩子挑帘露个脑袋，说声"娃来了"。"我发现退下来后，我懂的比过去更多了。"他说。

"破四旧"时，家里的古书都抄走了，我姥爷愣是凭着小时的记忆，又偷偷背写了《论语》《孟子》《诗经》《古文观止》等书，给孩子讲。他骄傲，你们抄走我的书，却抄不走我的记忆。类似的语录，我姥爷还有：幼时记忆力的好，如同岩石上刻下的字，永远也不会磨蚀；错误的知识误人，比不回答还害人。

我以为我姥爷只是个儒生，手不释卷，满口撑得起之乎者也，值得敬仰，却不敢多亲近。然而姥爷年轻时也常和朋友大碗喝酒，大杯论诗，平平仄仄一把一把地抓。这让我由然地大加赞赏。我的逻辑里偏好如此，但凡担得起大才子之名，须得有一堆高级坏毛病，烟酒茶诗不在话下，甚或沾染一点点柳梢月色。汪曾祺老爷子就好酒，笔下的文章就有味道，字都带着酒的动作，抿，呷，一口闷。

我姥爷生于1898年，父亲是咸丰年间当地有名的书吏，私塾先生，满腹诗书，字好得不得了。我姥爷才会说话就念《三字经》，五岁念四书五经，民国上小学，1919年大学毕业就是学生热爱的教书先生了。传统旧学家养，瓷实。我常奇怪，仅仅读过私塾的人，一生往往行事磊落，落魄不落情怀，有古风有侠气，书生也是英雄，英雄落难，总有出路。

所以，我姥爷从寡妇家出来后一无所有，当即决定把全家带到一处隐蔽的山村，开办私塾，教人救己，躲避战乱，寂寥谋生。书生的风骨，哪里来的？

我说就是家风好，底子硬。

状元郎

戏装间无窗，阴寂，有淡淡的灰气和霉味，数十箱戏服饰品叠满几间屋子。那些安静的衣物，裹着几千年的人事儿，欢笑，哭泣，呻吟，呐喊，有数不清的风云人生，刻骨，飘忽，神圣，不可捉摸。我悄悄进去，便觉有许多灵魂出动，丝竹管弦伴着长腔短调，从角落里甩出来。

固然是华彩的服饰旖旎的唱腔婀娜的身段诱人，念的还是光影后面的曲院回廊，木兰花放。如今俱都是蒙尘的玫瑰，需要拂拭才见到当初的色彩。

戏剧的魔力闪耀在我的童年，乡间大河滩上，石头搭建的戏台，小蚂蚁们支着大脑壳张着大嘴为之疯狂。看不上就听，昆曲京剧评剧越剧黄梅戏，河北梆子河南梆子，晋剧沪剧，还有狼嚎鬼叫的秦腔，整出戏折子戏名段欣赏名家教唱，什么时候电台播出记得烂熟。在山间劳作，大喇叭必播戏曲，河北梆子《小刀会》铿锵铿锵顶热闹，穆桂英娇嗔地喊"为救将军下山来"，拎上长棍踏着细草走将起来，口里响着锣鼓镲子，咚镗，来个"卧鱼儿"式回枪望月。

然后冥想，一梦醒来枕边就有一套绫罗珠翠，做个千金小姐，躲在绣楼里假装刺绣，其实与丫鬟盘算金龟婿，《张羽煮海》《墙头马上》《花为媒》《凤还巢》都在掌中。戏曲片段也总是唱，但只能叫演，没有红装水袖金步摇，从来进入不了故事，成不了那个女人。为救李郎离家园。

她登低爬高找寻女驸马朝服，我跟在她的后面左看右看，每一件戏服都牢牢盯住。她展开一套公主抑或皇后的服装，堆金累凤，我穿在身上，甩甩水袖轻巧优美，便说，来它吧。

她连连摇头："绝不可，这身衣服需配凤冠，若戴上状元帽，不伦不类，不能容忍。在我们这行，不怕穿破，就怕穿错。"

"小演出，热闹红火就行。"我辩解。

"女驸马是女扮男装，必须穿男服朝靴。要么不穿，穿就必须对。"

她抖开鲜红刺绣的袍，我伸开双臂裹上，大镜子前，长发披散，立刻被一种魂附了体。系同质花色玉带，显身形又提起了袍子，36号脚却无论如何穿不上大号朝靴。不过微露，不碍事。她又给我系好宫花帽子，说很好，笑了。她是唱老旦的，还很年轻，现在没戏唱了只能流行曲、二人转，得生存。

如她所说。不怕穿破，就怕穿错。我是镜中人，善良、勇敢、聪慧的冯素珍。

衣服是人，是戏，有流动的生息。错了则是闹剧。推之，不怕贫穷，就怕嫁错。所以冯素珍宁可舍了富家公子逃之夭夭，干净利索。比祝英台强，祝姐姐都女扮男装上学堂，也勇于托出爱情了，后来却不出逃找山伯兄，岂有此理，化蝶怎如你耕田来我织布、我挑水来你浇园来得更鸳鸯戏水。

不怕没有才华，就怕遇不对人。不怕没有好人，就怕生不逢时。冯素珍找到了亲哥，遇到了善良的公主与皇帝，她合该圆满。智慧和勇气能够弥补缺憾，还希望幸运围绕，到底省些力气。严凤英没赶上好时代，她妖娆在三十八岁。清白，绝色，凄美的女人。

后来上台自己买的厚底靴，浓妆，艳抹，娇憨，时尚的女驸马。中状元，穿红袍，帽插宫花好新鲜。自信，流畅，吐字清晰，曲调婉转，水袖利落。整个舞台，一个人的绰约。

《谁料皇榜中状元》，再度演唱这个传说中的女人，独特，喜庆，吉祥，大家分享我的红火，我感知冯素珍遥远的欢喜。我觉得是她了，也是自己的状元。

嗓子疼哑，为了亮相，连续输液加吃三种消炎药，几被毒晕，虚脱了也挣起来走几遍水袖。夜深，一面红袍怕惊着窗外猛然一瞥的路人，帘幕深垂。生活是真，常需要糊涂，做戏是假，却丝毫马虎不得。

两杯咖啡活力陡升，莲步上台，状元郎秋波一转，挑出兰花指。一段活的历史，一种叫根的东西从少年长到今，开花。

草木美人

《诗经》里称美人"委委佗佗，如山如河"，想去该是在山间劳作，与自然融为一处，散发植物气息的女人。又突发奇想，岳飞的大念"还我河山"里，是更念母亲姐妹老婆女公子般生生不息的女人。

我回乡便喜欢研究嫁过本村的少妇，勤俭还是懒惰，妖娆还是质朴，但听得她们勤劳过活教养小孩孝敬老人，便发自内心地高兴，小村好风水，招好女人。

早晨我跑步看山，拍了许多花草回来，见一少妇早捡了一筐蘑菇蹲在河边洗漱了。汗颜。

她的红衫落满刚跃过山头的阳光，发辫上停着松林间的露珠、草叶，镰刀筐篓放在石盖上，冒尖的紫色肉蘑黄色松蘑也沾着松毛草叶，特有的浓香杂着林间腐殖质的迷人味道。她拨弄石头，淘出个清灵小水坑，扑扑捧水洗脸，梳拢散乱的发辫，冲洗泥湿的鞋子，又小心挎起筐，哼着歌，"我要送你日不落的想念"，拐上紫苜蓿和白雏菊遮没的小径，穿行玉米和马铃薯地，上南山坡，一片杏树掩映的宽阔瓦房院。房上是淡蓝的炊烟，正飘出饭菜的香味了。

这年轻的媳妇才嫁过几年，一向清寂寥落的穷苦小院便活色生香。男主人光子本是个凄惨孤儿，傻父哑母很早离世，由瘸腿的光棍叔叔好歹拽巴大了，叔叔独自云游去，撩下孩子守在破落的山根儿，又没得学上，谁家的女孩能嫁过来受穷呢，不承想才到二十出头，就有桃花运打上门来。

媒婆领个女孩进村，看中一个有独门院落爹妈齐全的男家。女娃有一重要条件，不怕男人穷，健康能劳动就好，但一定要接受自家生性迟钝寡言少语的爹妈，他们一家子连同田地都要嫁过来。女孩也相了好些处，有那大户人家看中她的温良与美丽，却只摇头叹息。女孩便一直找下去。这家仍是不识珠玉，还恨恨地抱怨：我们是说媳妇的，不是说老子的。于是这宗好事转接在光子的头上，得来全不费钱粮，俊俏媳妇忙里忙外，还平添了知疼知热能干活的父母亲，一时从冰冷的地狱跨到人间天上了。大家同心劳作，粮仓皆满，又生下一双儿女，翻盖了大瓦房，杏花开处，是男耕女织般暖暖的家常幸福。

傍晚，村人多在街头乘凉，光子媳妇推着婴儿车过来，脸上淡施脂粉，长头发松松地散在肩上，柔情地逗弄孩子，又抬头与村妇说笑，声音里还有些怯怯的羞涩。这样弱弱的女子，内心却这般坚定，对父母不离不弃，对贫穷安之若素。因为她的善意，她的慧心，拯救了一个男人，激活了两个家庭。我对她充满敬意，有好女儿生一个也是天堂了。

我还关注另一个少妇，她来自云南傣族，遥遥地嫁到山旮旯，先让我吃一惊。少妇生得娇小瘦弱，能同男人上山下地干苦累活，也常细致地绣花弄朵，难见闲时。偶尔晚饭后，她也同乡亲说起家乡人事，动情了便唱歌跳舞，同着年纪相仿的姐妹们嬉笑。那时月上山腰，大朵柔黄花正开得艳，她随便扯过一片叶子，吹《月光下的凤尾竹》，舒缓而略带忧郁，分明是想家的味道。

她有时也和男人吵架，气急了就跑，前不着村后不着店，跑了半日累乏了恐惧了，自己又折回家来。见丈夫正从村口大步往下赶。这个打工认识的憨小伙，一把抓住她的手咆哮了一阵："满山满村地找你，一分钱不带，人生地不熟，丢了我哪去找。"女人挣脱着说你欺负我。男人说我就欺负你了。一巴掌打在女人的屁股上，之后蹲下来喊道："你个傻瓜，上来！"女人乖乖伏在男人背上，泪水流进男人后脖颈。回家去。

日子依旧潮起潮落，汗水与笑容洒在山野路上、田里菜园和热炕头。

我喜欢这些带着野草香和汗香的采薇少妇，那心地是日月山风浸染出来的，自是清丽淡然，隐忍而明朗。她们安心地同着男人在山野间种植幸福和希望，也传承了异乡的文化气息，真正是《诗经》里如山如河的草木美人，鲜活着村庄，延续古老而多情的日子。

丝瓜新上绿窗台

暮春时节，亲戚送来丝瓜秧苗四株，窃喜，即刻寻觅佳处，造园栽种。

东翻西找，得废弃木箱两个，置于凉台下备用。拿铁铲、袋子，到楼前山上采土。

许久未曾上山，已是小径深窄，几欲不见，野花恣开，荒草漫坡。撩开柴藤枝蔓，入得松林，半蹲半跪，拨开地面丝丝络络，苔藓、地衣、积年干枯松针，露出润湿黑土。黑土散发浓郁腐殖质气息，嗅之大喜；盖无肥亦可使花苗苗壮也。

搜挖几掬松下土

提得家去好种瓜

拎着满满一袋黑土下山，汗水淋漓，成红粉花农。畅饮大瓶凉白开，又拎大桶冷水到凉台下。装土，挖坑，栽苗，浇水。

瓜事顷刻已成。

开始尚不习惯看她。几周后。青枝绿叶半人高了，正循着墙缝缓爬，丝蔓抓紧了墙体。待放了几根木棍，更如鱼得水，如歌滋长，黄花乍开，虫声涌来。

欣喜不已，遂每天惦念，清晨第一想起之事，便是看她。像正在长大的孩子，一天一个变化。转眼之间，瓜藤妆成一道绿色屏风。

猛见她已然跨上二楼窗台，又沿一横绳逶迤开去，铺出一片绿色的云锦。有如荡着秋千的女儿家，离地数尺，而无惧色，反玩得更肆意。花分雌雄，雌花鹅黄初绽，花蕾下早已结成了一条小雏瓜。只需几天时间便可采摘了。想起旧时的歌谣：

上搭架，下搭架，条条青龙藤上挂。

当年齐白石老先生也有过乡村的清贫生活，"满园蔬菜绕门青"，苦中亦乐。蔬果中极喜丝瓜，曾在《丝瓜蜜蜂图》上题："瓜蔬中此予最喜者，香而甜结瓜易大。"更有诗云："新种葡萄难满架，复将空处补丝瓜。"

丝瓜坦然地进入了大师的画幅，看一眼，清凉一夏，齿颊生香，风情顿来。

且喜这小小丝瓜随意栽弄，即生得灿烂；老来结子，一可为众生鼎力俗事，刷锅洗碗，当个粗使的丫头，又好细细拂拭书画砚台，标致成水墨佳人。

如此上得厅堂下得厨房的尤物，焉能不备受青睐。我本做不

133

得花事，多少好花凋零在我的手下，偏这丝瓜养得好生苗壮。

小楼左右人家儿也常来驻足了。有的不识丝瓜，好奇相问；阿婆刻意搬来藤椅，指着丝瓜喃喃教导，小孙儿蹬着双脚跃跃欲上；更有个老人常于黄昏时候，信步踱来，看着满窗茂盛的绿意淡然微笑，有时也会拎上半桶水美美地浇上去，像照看自己的孩孙。看他如此流连，心下必十分喜爱丝瓜了，或者他是在借此回忆曾经有过的田园情趣：

疏篱矮墙，几畦菜香，清水一担，胜如琼浆。

寻常人家凉台上多是富贵花朵，如我栽丝瓜者实在少矣。绿影横窗，登堂入室，可赏可吃，既俗且雅，虽乃市井中人，犹似庭前多了半亩方塘。于是，心中暗暗打油道：

叶叶相连碧，清影入幽怀，风中垂翡翠，拂我绿窗台。
昨是藤上物，今成盘中餐，念此好蔬果，明春依旧栽。

第三辑　步步莲花

临水种花

1

有一年，母亲种的花疯了。大锅小盆都是花，有月季，绣球，蜡梅，死不了。院里沿墙根儿都是花，有蔷薇，柔黄，凤仙，江西腊，黄扑棱，西番莲。柴门外，左墙月月红，右墙波斯菊。花香人语，走进走出，恐被花绊着，跌一跤在花上，还以为蜂王出宫采蜜了。母亲那年身体格外好，人也喜兴，孩子们也都好，看谁都有花的朝气，花的风范。那个夏天任花朵包围，让我无限怀念。

荒了几年老屋，花被草吃光了。我说，咱们把院子都种上花吧，母亲说，干吗都种花，种菜多好。对呀，菜也开花，还能吃，为什么从不当它是花。原是我们的偏见。

见花拉不动步。张五可说，百花盛开，更添烦恼。可是她一报上花名就扑哧笑了，三步一下腰，五步一回头，还卖弄了一个连环步。她懂花。一朵花开，是你赏它，一片花海，它们就降住了你。而花，向来是朝着阳光的。

守着窗儿，独自怎生得黑？守着花就不用这样难过了。至少花开得这样好，说明阳光、水与土质都是好的，这个天地就可以待。见花知语，花是无声的提示，这么弱小，也要开得好，这么被虫咬了一半伤，也要开得好。它不像人心，那么容易放弃，那么轻易背叛。人心是一种不待风吹而自落的花。人心若像花，就是自强的，一朵有一朵的珍贵在。

我们快种点花吧。像一块棉布上栖着细小的暖意，给哭泣的人安慰，给害怕黑暗的人以光泽，给一肚苦水的人以糖果的舌尖，给习惯卑微的人以站起来的勇气，给暴躁的人以温良的疏淡，给凶残的心以柔软的手臂，令所有的不幸在花前止步，令流言恶毒在花前拐弯，令善良看到天堂，歹人倒向地狱。

我们快种些花吧。种蔬菜也好，给需要的人吃，给看懂的人看。给惶恐的人一点时间整理思绪，给无所事事的人一块侍弄筋骨的田园。我们种些花吧，慈悲就在眼前，宽容就在眼前，香甜就在眼前，故园就在眼前。这样我们就回到春天了，不必为以后的季节担心。环境这么糟糕，世事这么艰难，我们该像花一样抱着，暖着，彼此安慰。

我知道花给不了这么多，它是为好人开，对着坏人也一样开，以无邪对一切。但我想看到更多的美好，我想相信世间本有更多的美好。我相信，它就在，或者，在来的路上。

2

　　家有一菜畦，靠于山根，颇得水的滋养，蔬菜和玉米都长得格外茂盛。从初春到深秋，一直深深浅浅地绿着，间或开着些花草，有蜂儿扰之，蝶儿扑之，顽童戏之，不拘不漫，不晦不涩，自成妩媚。

　　一切得之于山根那一湾泉水，总是早早地融化，汩汩地流出，碎石绿藻，清明可见。

　　泉边居着几棵有些年头的柳树，枝条幽幽垂下；草地总是湿着的，软软的，却也不沾你的鞋子；蒲公英半开着金黄的小花，紫花地丁张着小巧的身子。坐在泉边的石头上，读几页书，不拘什么文字，热了，渴了，捧一口泉水，清凉，无汗。

　　流出的泉水，不宽，举步即过，不深，只容一瓢舀之，畅畅然，若欢乐跌跑着的童子。两侧是密生的青草，掺杂着鹅黄淡紫的野花，偶有带刺的鬼针草，似与你有着浓得化不开的情结，一腿一脚地咬住你，不揪开断不肯离去。

　　炎夏，这泉也会变得纤弱，轻喘，脚步也迟迟，而身旁依旧闪着发光的青枝绿叶。幸福莫过于临水的青草，小花，和这一畦菜地。人不如幻化了一棵菜、一枝花、一叶草。

　　不能如此，不妨做个临水种花人。有意怜芳菲，一枝做俩看。若能常常看着这青草一片片生长、花儿一朵朵开放、清泉一波波流淌、蜂蝶一拨拨扑香，也算得是个十分幸福的人了。

低吟的荒野

院里积着落叶，不扫，是为了听风声。院里生了青草，不除，是为了早晨承接露珠。想那样的境味，先要赞美主人的情趣，细究，是深深的寂寥。等着风来雨落，鸟儿撞破玻璃，蝴蝶穿过重重铁栏，奄奄一息在水泥阶上，真是罪过。

说来，想要的是自然的野意儿。种上一盆花，为的是心上能有一片原野；挂一串锦灯笼、一串辣椒、一串蘑菇，则乡间茅屋、菜园、松林也搁在一室了。

可是这依旧算贫穷。没有一个村庄做阵，没有一个大片的荒野供你深入，脚无处落，像母亲不在家，心是慌的。野草就在墙外，树木就在路口，蜘蛛就在林间，村庄烟火小，荒野吟声低。出去走走，天空之下，归为一棵草，不向往楠木紫檀，一岁一枯，总有青青的绿等着，不怕。

猫有锦衣玉食，猫仍然要抓耗子。野味才筋道，逗逗惊吓中的猎物，其中有得意，彼此都多个戒心，不忘祖宗传下的抓捕和逃难本领，为的生存。猫在乡村，也不只在房前屋后打转转，那是没出息的弱猫。好猫每天都要出次村庄，穿山越岭爬高上树，带回野草、露水、山耗子野鸡来，为的靠近冥冥中的祖训。

耗子肉有牛磺酸，这东西维持夜间视力，猫必须摄足，才无夜。长期吃了人饭，无鼠，猫少了野性，变成了人的宠物，只管逗主人笑，依主人的心思，以防被遗弃。

人也一样。

城市四处都是窥视的眼睛，投出监视、嘲弄、轻蔑，带着钱味的剪刀，让我们习惯约束灵魂。不得已吞吃了雾霾，有毒的蔬菜，内心长出冷漠与恶毒的杂草。眼睛在关键时刻自己暗下来；危难时刻伸出的手，又偷偷缩进袖笼里；嘴巴在不该说的时候自己闭上，躲进腔子里。每个人都顶着三五个憋出的犄角趔趄在街头，碰撞、疼痛、流血，再挤回腔子里。让人可笑的是，大街小巷，竟见不到一个囫囵的人。

我们心知肚明，羞愧不已，唯愿能有一颗聆听自然的野心。

在荒野，植物听风听雨，见缝插针，你只能吐出俩字：蓬勃。

秋天新生的蒿草更加肥硕冒油，似有妖邪作怪，实是把生命抓得更紧。野生的种子认得春天，也熟悉适宜的环境，随时发芽，不管结果。受约束的只是人。

一条向山的石阶两侧，去年种的朝颜花，粉蓝白黄繁盛美丽，流浪猫狗在藤萝下开出窝来，你路过，它盎然吠叫。今年间生了许多拉拉蔓，我盼着园丁来拔除，我深知拉拉蔓满身细刺的厉害。如料，没有人管，拉拉蔓果然斗志昂扬地铺了上去。

因茂盛的草不是我们想要的，我们称之荒芜。但这是植物的竞争，人为与野性的较量。放任庄稼和杂草，杂草必定浪涛一样淹没庄稼。所以农人必须随时扛着锄头。杂草让农人警醒。除草剂的滥用，毁了野草和土地，名正言顺的庄稼，长在温床，放弃了抵抗，是更让人害怕的荒凉。像恐龙，独霸天下，横吃横长，最后大灭绝，个别的存活，为的提醒后世。

所以面对一棵小叶朴树，用千年时间，劈开亿年巨石，也不必惊奇。野性的力量，人只有臣服和学习。依赖荒野，我们才会得到力量与获救。不怕村庄消失成野；沙化，水泥化，毒化，才是真正的荒芜。

家养的木立芦荟开花了。纺锤形，穗状花序，每枝花点上橘黄的灯烛，吐出三个深橘的蕊，像许多串冰糖葫芦一股脑插在草包上。夜晚，我守着这枝温暖的花，聆听风的低吟，不知，我们还剩下多少荒野？

植物的慈悲

"驴笼头尖。"她微笑。妇人立于沟沿，烂草堆前，掐新钻出的嫩叶尖。

原是这野生植物有长长的嫩尖，驴子戴了笼头，那物亦能钻进去，拱着说，吃啊，春。我且不管它大名"短尾铁线莲"，亦可入药，只说这锁住的嘴巴捆住的头颅又怎样，自有植物舍身相救，老天爷饿不死瞎家雀。

西方波澜壮阔的航海史，因坏血病夺去大批船员的生命，而东方郑和七次下西洋，未见任何病史记载，皆因中国人日常以粗茶饮水，习惯或天意避开了顽症。1734 年，一个重度坏血病船员，从开往格陵兰岛的海船上被遗弃荒岛，绝望中他将一把野草充饥，竟活命了。简直金庸大侠的传奇仙草，外搭一本武功秘籍，西方人以此为契机，锻造了生命的金钥匙：维生素。

人抛了生命，植物也不肯弃，植物具有奉献精神？但是，这恐怕是人的一厢情愿。

所有生物都是奔着生的，没有一种植物费劲巴拉地长大为了被吃掉，从米粒大熬到鸡蛋大的花朵被摘掉，好不容易成熟繁衍的种子被碾碎。暴晒雨淋狂风乱抽，这一切都非它所愿，它挪不动，但它一直努力对抗，体内发生着变化，传递着信号，不断应对，长本事。它棱角横生它长刺它蜇人它有毒汁它分泌腐蚀液它让人腹痛泻肚，都是在保护自己。它高攀为了阳光，茁壮为了抗拒折断。斧头和锯是人的牙齿，充满破坏和贪婪的狞笑，鲁班是植物的共同敌人。叶尖最聪明，探测可能的空间，抓住一切扩张的缝隙，几天不踩，小路没了，几月不住人，荒草蹿房越脊。给出时间，地衣能吞噬岩石，苔藓能绞杀湖泊。它们创造了土壤，但也只是为了自己站稳脚跟。

植物无意识奉献，更不想取悦于人，只是天性暗合了人的需求。被动物还是被人吃掉，被自然还是被人伤害，对植物来说没有不同。天然沉香稀有，为了快速结出沉香，养殖者模仿大自然人为制造伤害，大火烧，斧头劈，烧红的铁棍洞穿，种种酷刑逼向惊慌的沉香树，迫使其分泌油脂结香。究竟是植物贪婪还是人更善于破坏？

我父种玉米，我母种蔷薇，生命延续，生活的美好，均需借助植物的力量。植物不曾毒死我，就是厚道，它救了命，就是慈悲；它被动物扯坏了身子，被虫子啃破了额头，照开不误，它昭示了勇气；它制造氧和养料，它是万物之母，它的嫩尖捕捉光，犹如大脑驱使人追逐幸福。

人破坏的一切，都由植物来拯救。切尔诺贝利核泄漏三十年，人不在场，植物更加茂盛，动物也葱茏，那儿成了生机勃勃的荒野，期望天长日久，它能修复受损的土壤。一个活火山的后面草色繁芜，生与死背靠背生长，野草真值得敬重。它活着，它死去，都在散发。植物是药，是氧，是心灵需求，植物给予地球无尽的生机，才是它最恢宏的慈悲。

慈悲就是这样的，发自本源，无意识的，天然之光。它供了这一切而无所求，遭破坏而无愤怒，自行修复而容貌端庄。

驴笼头尖，第一个叫它小名的驴夫，我要念他好，他捉住植物的心，并赐予我思想。万物都在捉，我常走的这条山路，就有无限意。羊角葱是秋天留在地里的大葱，春天长出两个葱裤衩；长虫苗儿是苍术幼苗，蛇做的记号，下面往往有小蛇窝；猪毛菜有乱细的毛发；野鸡膀子或叫猴腿真的伸出茸茸的腿脚来。尚有扁猪芽、鸡爪草、兔子酸儿、猫耳朵、鹤虱、柳狗，植物在人与动物之间亲昵来去。还有车轱辘菜扫帚苗黄瓜香榆钱儿苦碟儿婆婆丁七千姑，这些植物的小名，都比大名更通灵，人在唤它时带着儿化音，就地唤醒了自己，叫出小草，小杏，小鸟，小囡。唯春，唯爱，用小字不觉局气，相当于一，始字，生发，充溢天真之气，有无限的珍重与延展。人心就软下了，露出粉色的肉质。

人性本善，人的慈悲心就是植物性的，后来，受环境挤压，越来越无情，偏向动物性，世界不再那么动人。但有一天，灵魂更亲近了植物，再无需高深的道理，眉间春，指尖夏，脚底秋，一花一木，直接带人回归初心。

老惦记

一次饿了，胡同里随意买个千层饼，大小盈掌，片片薄透，一口咬下一摞，香甜酥软，口感好极了。后来想吃怎么也不见千层饼在，馋虫越发勾出来。隔了个把月再次穿过那条胡同，瞥见人群围着个小箱子，红彤彤仨字"老惦记"，正是寻找多次未果的千层饼妇人，喜上心头。"老惦记"这根小小绣花针，扑哧一声便刺进我这块备好的棉布上，妥妥地抻开了。千层饼定含着女主人切切的心思千千的愿望，这才让人惦记不已。

喜欢上"老惦记"这个词了。像一件厚重暗红披肩，暖暖地裹在身上，满心的惦记和被惦记，是这世间浓烈的依恋。老惦记，也许是不能得到，也许是去去就来，也许只得瞄一眼的机会，再纷纭世上不得音讯。对别人或无轻重，关键那是你想要的，瞬间擦亮你的知觉，记忆的舌尖又惯会添油加醋，愈久愈美，惦记愈深。

张伯驹一生惦记两件大事，美人和古董字画，属于没有出息的贵族子弟，然倾尽大洋金条首饰乃至房产，换来满院的罕稀之物，与潘素日夜沉吟，则玩出大名堂了。李白的诗稿，杜牧的字墨，范仲淹的手卷，陆机的《平复帖》，展子虔的《游春图》，唐寅的《蜀官妓图》，俱价值连城。可这一屋子的宝贝，搭上身家性命依旧是颠沛流离惊吓。最后他一股脑都挪进故宫，只留一纸奖状，再也不惦记了。千金散尽复来安心，与美人花鸟鱼虫做自在票友去。"他唱得耳热，我听着悲凉。"章诒和说。

原来许多东西我们扛不动，或者带着它走不了多远。只好卸下来，安放。

秋日枯黄的干草垛，初冬微冷的阳光，薄冰上浅落了霜，三两片叶子清淡对白。杜普蕾的大提琴曲《殇》，和列维坦的画意心息相通。远处该是大堂，盛装戏后空旷的流苏舞台，佳人叹惋像一束光平平仄仄。正听得碧云天黄花地，西风缓缓荡，音乐戛然而止。想来愁与苦本不应太长，伤了根就难站起来。杜普蕾穿着花裙子跑远了，暖融融的绝望弥散开来。

没有念兴，一地皮毛。实实在在的惦记该是老家，春末的菜园子畦畦碧绿着，水泉汩汩流，野蔷薇开得香浓，夏末结红果摘下穿手镯，也撕下来吃，或者摘小小地瓜瓢，吃不着的冬天果然就裂成瓢了。老坟，古柳，青溪，羊道，野花，扭着屁股浇菜的婶子，毛驴在山梁上吹喇叭。小院一座，青莲一池，菜花满地，木门深闭，端着银碗慢慢老去。许多人惦记这样的生活，简单老去。韭菜下来烙三鲜，角瓜下来包饺子，豆角下来炖大锅，啥都没有了吃萝卜白菜，从来不知菩提与禅，不诵《金刚经》《圣经》，一衣一粥一口热汤，一个第二天能醒来的囫囵觉，而已。

老惦记孩子，不死不休，却被孩子大段大段地遗忘。门前的石礅子坐出坑了，水望成冰了，眼睛要穿透那座山了。终有一天人就是老掉的牙齿，再也惦记不动美食，记忆成干瘪的村庄，转身就不存在，闭上眼就是黑，世间事全是耳边风，亦没有自己。

城市不可饶恕。宁可惦记一种吃食美衣，一种艺术享受，一只流浪的猫狗，一些死去千百年的人，也不想多看一眼身边的人，极地冰川般的隔阻。乡村则无论如何不可能，紧闭的门外亦有他人殷勤的目光，今天的聊天谁不在也要三番五次探究的。人类回归的终极落点一定是乡村。

步步莲花

1

夏至那天，说好要步步莲花的。

一定要让自己好。自己好，便宽容，对世界就容易露出笑脸，世界因此是好的。

桃花得气美人中，一定是因为人美，花才美的。所以叫西施的水，貂蝉的月。这些都可以有。

2

美人的背后，该有个支撑，叫贵妃榻，或想入非非的，美人靠。临窗，可以淘进蝴蝶，推出蚊蝇。七天半月不下楼，不做女红不听琴，只烧饭，读书。洗一盘玫瑰香，放老人桌前。

月光是去皮的葡萄，掩去忧伤，只露磁性的眼睛。

3

烧饭只烧平常饭。早晨小米粥煮鸡蛋酱咸菜。不空腹上班是美德。

中午茄子豆角土豆乱炖，尚须肉类。有时就乡下挖来的鲜葱，半瓣青蒜。经书上说，此辛辣物晚上忌吃，睡眠时会诱使鬼魂前来秘嗅，小心失了元气。

晚上清水煮面，拌炸鸡蛋酱野蘑菇丁。有时来两盅小溪沟原浆酒。

不繁，不简。人闲桂花落。

4

遇到一屉好书，如饿虎扑食状。探爪龇牙，横撕竖嚼，嘴角血淋淋。打着响嗝，眼光四处还瞄。

5

《夜无虚席》，密林里突然跳出的豹子，抖搂一地斑纹，美得惊人，归入魔兽档。夜夜练习推拿术，渐入佳境。

《贝多芬之魂》，凌空偷袭的流星雨，一颗一颗挺入心室，抬头看天，雨闪闪，还在下。

《日光流年》，上千条小毒蛇咬人，黑与红的烈艳，拉奥孔的莫大悲伤。

《流沙河短文》，干净，疏朗，像竹子，一节是一节的，筋道。

《水妓》，一只只骁勇善战的雀儿，短打无敌。

《活着》，可以忽略日头下躬身的影子，只看雕刻的暮色里，人在呼吸着，不赖。

《马拉美诗集》，月出惊山鸟，幽秘的快乐。

《张充和诗书画选》，得出一个结论，沈从文几百封情书追求的女人，不及她妹。

《追忆似水年华》，三百万块秦砖汉瓦，谁能从头搬到尾，就从奴隶到将军了。建阿房宫，养三千佳丽，夜夜笙歌。生怕错过一个美人，反正我还在搬。

6

书是等人的。有时要等到老，你能消化，它才露出些马脚，不能红烧，便清炖。

衣服是要等人的。有些衣几年后才穿出好来，等你能承载它的骨架，味就出来了。

像花事，或树，栽了不久就要花要果，总难成。能茂盛强壮就十分不错了。

要等待，见面说加油。阳光砸进背脊。

好事，也是要等的，突然哪一天，浮云散，明月照人来。

7

听袁阔成沙哑的嗓门：说书的快，转眼千年，实质是慢。花开两朵，各表一枝，那一枝说停就停住。时间是一把扇子，随其开闭，真是和谐。其实停不下来，也倒不回去，愣神的工夫也不存在。

云杉两百年成材；灯台百合几天之内轮回滚动播出，纵情开，狂授粉，噼啪死亡。果实入土，马上又发芽。

森林与沙漠如此不同，一个不慌不忙，一个必须拼掉性命。

其实一个是拼在表面，一个是暗地里超越。云杉以蜗牛的速度生长，挣不出老树的华盖，亦是死亡。

8

怎么就要老。老不像丑，看久了就适应，甚或得出些可爱来。

半老是智慧，是好酒。太老，则容易让人烦。因为某血管堵塞，神经被压，偏执甚重，十头牛拉不回来。与其对垒，只有挫败。

但，啥也别说，忍耐。忍耐是一朵莲花，胜造七级浮屠。

9

今晨去看荷，密层层的叶子生意满满，像园里的人，千万只蜜蜂团团地歌唱。

才有几枝开，因稀而贵，一朵一朵地发现，一惊一乍地欢喜。

小孩子的脸，像荷，十井阔的水面，世界大而神秘。从洁净的青钱开始，收集一小粒一小粒的碎金。

后来渐渐长大，她步行走路，脚踩之处，便生出朵朵鲜艳的莲花，仙人就叫她是"莲花女"。

美丽宛如一场多重的相遇

美丽宛如一场多重的相遇。

——米兰·昆德拉

1

年少时喜欢红，一条红围巾，一件红绸衣，就打发了长长的青春。之后饱受烟熏火燎的红，阻于重重青蓝之后，难再得。指间樱桃，心上芭蕉，俱躲在书柜里暗自窈窕。至额上柳絮无风亦起的光景，也只有书里遥想华年。那个红衣，正穿过庭院，留个梨花背影，扁扁的在书页间，一唤便出来了。

2

书是旧日红。书里的都是旧事，隔了千年，颜色不褪，光亮不减。人也是旧人，青春，美丽，深红，莺啭乔木，挥挥手，就是满城春色。

自然是文字的魔力，远胜其他。其他只能看，比如绸衣、发带、红棉袄，甚或旧沓照片，刻意留下的也终究走了形，不能看。又比如是三十年代录的音影，美人直像峭壁上尖叫的寒号鸟，要打冷战的。文字却可以想。想是多奇妙的事儿，大把的太阳大块的月亮大段的对白大壶的酒色，都可以任性拘来，做思想者的瓜田李下。

这一点唯音乐可比。多年之后，《十面埋伏》还是杀气萧萧，英雄苦短，霸王还在叹啊：虞姬虞姬奈若何。因为懂得的人需要，便流传，与我们相遇。

3

越剧《追鱼》。好红的一条鱼儿，翻滚，脱鳞，成人。撕裂的痛，然而决绝。只因有个书生在岸上等。鱼向往凡间的惊艳，不知世上也是七灾八难的，失了变幻的红鳞，多憋手。

又或者，每一只蝴蝶的蜕变都飞向一个书生吗？一只虫努力在风中攒劲，挣脱，沉重喘息，可是没有力气了。一半翅膀惊艳，一半老皮嶙峋，就那样，在风中停住了。大概世上一些人终生孤单，是他们的蝴蝶夭折在路上了。

做条虫子低头吃草，不问苍天，也是好的吧。虫子只想变成蝶，人也想化蝶，但蝴蝶从未想过变成人。它们只想勾引人。所以化作鬼狐仙妖，暗地把小像夹在《聊斋》里，伺机而动。书里当然就有乾坤了。抱一本书是有情调，若换成抡大锤的，不知鱼仙子还愿意撕鳞不？

没有红鳞艳翅成仙得道，也只有读书一条路了。薰薰俗根也罢。日子久了，对着镜中审视：到底我不会被当作平常的女人看了。

4

坐看苍苔色，欲上人衣来。最是寂而娴雅。冷月破云来，白屋坐幽女。则寂得可怖。所以读书要静，也须得有暖意。一款月色，一畦落满槐花的胡同，可以不断邂逅新欢，新人笑，旧人亦抿嘴而居，都十分地好。只要别拿着书端着架说事儿，恐鬼贻笑。纪晓岚《阅微草堂笔记》录着一件事儿。

一鬼路过一破屋，说此文士庐也，"凡人白昼营营，性灵汩没。惟睡时一念不生，元神朗澈，胸中所读之书，字字皆吐光芒，自百窍而出，其状缥缈缤纷，烂如锦绣"。一学究问其读书一生，睡中光芒几许？鬼嗫嚅良久曰："昨过君塾，君方昼寝。见君胸中高头讲章一部，墨卷五六百篇，经文七八十篇，策略三四十篇，字字化为黑烟，笼罩屋上。"学究怒叱之。鬼大笑而去。

5

年少时读过的书便一生不再读，是傻，年少怎么能明白书里的千种叮咛。好书不是衣，能禁得一读再读的。那些照耀过你青春的光亮依然会温暖你沧桑的手指，从前看不到的荒凉会流出指缝来。

苔丝那么傻，新婚之夜非与新郎说破被污辱的事儿，不是自己掘墓吗？安娜如果遇到作家兼女权运动家伍尔芙诊诊脉，或许能有新生。思嘉丽何苦死皮赖脸求着艾希礼，瑞特只好远远地走开。

读了纪伯伦的《先知》，一切明了：世间所有事都是双刃剑。你的欢乐就是你的忧愁；你的夜晚便是你的黎明；你采摘园中的葡萄，你的果实也将被采摘。所以无失无得，无得无失。依着自己的天性，她们根本无可选择，只有宁静地饮下药剂。

重遇经典，不只是鸳梦重温，是你在长大：梳着羊角辫路过樱花树下，午后蝉声如浪，在图书馆文学廊里穿行。以为钻进偌大的树洞，再出来，已成坚定的妇人。

6

落了一年的灰尘，总要拂一下的。拂一下，生日便亮了。像说书人的惊堂木，啪地一拍，总能惊醒对面人的眼睛。

鲜花珠宝衣裳都可，不如买一套书送自己，亮在内里。那些书，从当当、亚马逊、孔夫子网，从江南、京都、港台，顶风冒雪推门而入。

像昆虫百鸟像白桦树像海浪，像动物渴望爱情、植物渴望水，那些书来到我身旁，点起了香。它们沉睡，或者沉思，都是愉悦的，是为爱来。是为这新鲜的世界凿一个出口，打上火把。为不得已走掉的一些情感、人事，能寻到回家的路。也为着迎接陆续走来的一些钻石。在黄昏时分，它们意外地出现，闪光，怒放。

名 媛

　　上海街头，风雨潇潇，一下子降十度，美人们该僵住了。但完全不是那么回事。赶不及加衣的依然吊带裙露大腿高跟鞋，走得有板有眼；盛装的女人发丝不乱，裙裾飘飘，不急不缓；街角，大波浪女人裹着长长的墨绿披肩，优雅地转圈，看天空接雨水，诗意得紧；候着红灯，高大的外籍男脖颈上骑着三两岁漂亮女娃，也不过露肩的短衫，咯咯笑，两个中国长裙女人从容用英语交谈，不经意碰了我，不忘回头微笑说 Sorry。

　　我立时想起一个词：名媛。从容，淡定，高贵，不是漠然是傲视。找不到焦急，无奈，咒骂，发狠，仓皇。像一朵一朵的云，风雨掀起来，不过是衬托的背景音乐。百乐门则大有绅士风范，依稀传来古瓷般飘摇的声响，撞击想象的摇篮，寂寥的街头似有光脚丫的人力车夫匆匆跑着，里面端坐旗袍女人，怀抱一大束百合花，一摇一荡，杏黄或白，魅死了。

　　买过一沓老上海风情卡片，二十年代末马路风情，就是那样一些女人，身形笔直，细腰丰臀，迈开碎步，目不斜视，只不过穿的旗装。另一张咖啡屋里喝慵懒下午茶的女人们，照例旗装，细眉，红唇，裙边露出尖峭的鞋子，浅笑的私语像含羞的知了，忽而飞上窗外的法国梧桐，响声渐大，穿透街上数不清的牌匾、灯笼，杂货铺子发呆的年轻掌柜，打着"先施牙膏，千里香飘"广告的无轨电车驶过，影楼前巨大的人像画报要手挽手走下来……

迷人的还是老上海，因为老上海有名媛气质。动荡的局势不影响名媛从街角、从咖啡馆、从百乐门，甚至从书城、从小巷深处桂花树下走出来，哼着《蔷薇蔷薇处处开》，一个城市的夜晚就香薰起来。多年过去了，城市新得不能再新，仍然可以在咖啡的泡沫里翻出名媛的旧影长久地乐道。有名媛的城市真不寂寞，一些故居旧宅因此出名，编出章回小说来供人怀旧，或许怀旧的当口发生一段意料之中的偶遇，不在乎再添几条风韵的花边。

但黄昏时节，这样繁华的湿冷，到底我耐不住，寻了一件毛衣让胸口暖上来，才有心情感受南京路和外滩的富贵，高楼灯影大船，霓裳的水，蜂拥的外地人，大城市的气魄小城人的拘谨，虚幻得不真实，也终明白了自己是略略一站的过客，不必深入一座传说中的老城。海伦的魅力就在于谁也没见过真正的海伦，真见着也是一介凡人，会老掉牙，得关节炎，絮絮叨叨；明珠的魅力就是朦胧地闪烁磁性的光芒，砸碎了去找光源怕会失望的。上海既是一个老牌名媛，我不过用眼神浅浅地爱了她的旗袍身段，而她细腻的纹理精巧的裁剪，裹在里面温婉可人抑或惊世骇俗的胴体，黄滕酒的脸颊红酥手的情怀，倒不必细摸了。

有多重文化的城市才有名媛。一个城市要几经更替，兴衰，承担，容纳，才修得这等魅力，成为所有人心中的梦。忽然就想起，月儿弯弯照九州，几家欢乐几家愁，想起一个穷困潦倒受尽打击，心肝脾胃都泡在苦涩里的五十岁老寡妇，脸上爬满悲戚的老叶，可是她遭遇了富有而仁厚的初恋情人，瞬间就出入得名媛样了。那五十年的苦撑等于修炼。

几世修得人如玉？没有钱与血统撑着，琴棋书画弄着，城市的文化几代浸润着，女人就是一块普通石头，滚在河里，磨砺千万个日出日落，直到不再浮躁，处变不惊，兴许能透出一两寸的山水来，那时再冒出来说话。

如今是没有名媛的时代。干吗稀罕名媛，会唱个曲儿下两盘棋拿腔作调把一杯红酒恰好洒在一个富有的老男人身上，顺势演绎一部个人春秋史，不止，照样得侍候男人，生儿育女，做菜煲汤。挣面包的本事比琴棋书画重要，有慈悲心比名媛身份更重要。

资中筠先生就不喜欢被称名媛。大概名媛多像花瓶，与名人财富权力地位关联，与社交场、男人和花边新闻有抹不去的暧昧。资先生大可以闲情记美悠哉做名媛，而她实在忧国忧民。"我家里有那么多好书，有琴，有音乐，有唱片，我为什么要关心这些事情？但是我已经知道了，就欲罢不能。"她说。她的眼里一定冒出火花，痛陈社会弊病，揭掉皇帝新衣，大哀清华"招天下之英才而摧毁之，是伤天害理"，这样一位犀利的资深社会名流，叫名媛过于浅薄俗气，真委屈了她。

但文化的森林一角淌着一溪妩媚的流水，正是一座城独有的香醇。它不荒凉，它柔软，让你想靠上一会儿。

绝 色

美丽的女人都让人愉悦，养眼养心，只觉时光晴暖，岁月静好。

她七十多岁了，中年时一度陷入自己下岗、儿子流落他乡死活不知的凄然境地，却把悲伤藏在心底，一心侍奉老母亲，哪怕一次小感冒也彻夜难睡，精心调理，几十年的光阴与老母相互注视间安然流过，无有抱怨。九十九岁老母康健红润，高堂在座，是儿孙的大福，功德不浅。百善孝为先，亲友感激她的分担与付出，她含笑道："我要谢谢你们把报答亲人的机会给了我。"是钻石般的话。她一川烟柳的脸上有幸福、满足、成就的光晕，活脱一副打磨经久的《青玉案》，老佳人。

饭香，酒香，她等候归家的男人，和水葱似的女儿，高兴了，就与男人在愉快的节奏里起舞，一日日幸福微醺的复制。猛然间这锦绣的绸缎扯撕了，男人有了另外的女人。薄凉的水轰然浸透，她深深地打个冷战，站起来。她宽容了他的背叛，放走了

162

男人，去寻他的新幸福。她不哭不闹不狂暴咒骂，更好地打理自己，春花秋月，优雅光华，一款紫色披肩落满栗色鬈发，浅笑盈盈。弃妇不做怨妇，黯然往事知多少，权当《如梦令》，且作《美人吟》。

清夜，小窗，指如花，在册页间灵动。一种杂志陪了几十年，发丝蒙雪也不失不舍。阿婆订阅，收看，评论，推荐，为找寻一本丢失的老《读者》，跑遍整个城市的旧书摊，抱书而归，那种小女孩般蹦跳的快乐，比喝了玉液琼浆还觉舒畅。常有高考学生来问作文，阿婆即刻放下碗筷，讲解《读者》上好文名篇，恨不得掏出心中所盛，而不收分文，待其金榜题名时又欣然给予奖励。爱书嗜书者何其多，难得这份年深日久独爱那一种的情怀。老树横枝春天里，安静地抽丝吐蕊，恰是一弯娴雅的《西江月》，妙韵天成。

街头，见一端庄女子，着白色绣花长衫长裙，裙角与同色高跟凉鞋若即若离，如一枝荷。满街粗俗的衣袖自惭形秽，一时有如听到亮晶晶的诗语，眼前俱是阳光春草。想起张爱玲的衣装，像她的思想，总能凌驾于众人之上。想怎么穿就怎么穿，不是胆量，是天赋与智慧。短袄长裙青丝乱，路遇穿着恰好的女子，仿佛《减字木兰花》，是要惊叹的。

读南京书法家孙晓云《书法有法》，其破译笔法的千古之谜让人惊叹不已，她解决了许多书法爱好者多年之惑，而文辞简洁明了，亦是大家。网上见到她书写的视频，竹窗影摇，清眉俊目，墨香逸处，行行秀劲，端端一曲《声声慢》，一股淡淡的民国味砰然流泻。在书店，又遇见另一位奇女子，北京书协主席林岫精致的扇面书卡套装，录的唐诗宋词，韵致迭现，明心见性，即刻买下收藏把玩。诗词书法绘画古典音乐艺术焙就的女子，是人间极品。

南朝梁江淹《莲花赋》曰："蕊金光而绝色，藕冰坼而玉清。"喻女人的美再合适不过，她们都是补天的女娲，是无可替代的绝色。

静　好

1

静好是理想的时光。春比节大，要从立春起过美好日子，吃红皮萝卜互借喜气，老家叫"打春"，想打你够不到，就祝福岁月静好。

静好是在沧桑的一端，日子像枯茶，你能有一壶滚开的白水令其片片舒展，苦涩沉默，香气清扬。不能喝茶，就去蒸一锅红薯，热腾腾左手右手掂着咬，像抱着红泥小火炉。

怒放的蜡梅要搬到电视机前，随时看见愉悦。要多面对好风景。石榴的太阳，橙子的月亮，炊烟蓝的草甸，祖母绿的水塘。

过年要有老人在，两家的老人都在更好，大锅煮饺子，彩灯中国结，剪纸春联笑嘻嘻，哪个房间都是亲人。而后的回忆里，那时刻没有贪图安逸，多么明智而珍贵。

心无愧悔，闹哄哄忙碌碌也是静。没有为难事压着日日苦闷，才会静。故趁老人在而安养，超出能力的事绝不拦下误人误己。够不到的情只当落花风雨更伤春，懂得怜取眼前人。如此，内心的湖面，清风徐来，水波不兴，天光云影皆自在。是为静好。

2

人生的延展总有枝杈，感恩生命赐予。如果运气差，或许前世造过孽缘，要安心思过。

地球那端失了父母家园的孩童悲声问天：世界公平何在？心上疼颤，要放下热乎乎的面条，合掌说声"阿弥陀佛"。

不能做更多，就从身边脚下善待生命。感谢土地生长植物令我们充饥，感谢蚯蚓默默翻耕泥土令其肥沃，拒绝吃狗肉，拒绝皮草，生灵不因我的贪馋而丧命。

这样在未知的压力与担忧袭击时，才会有庇护的天使在。就比如我在桥下看风景，桥上一准有人看我。我要私奔到深山，有人日夜凿成六千个石阶，通到地老天荒。

车站里万千愁容，自己也在，幸好能有票，还有志愿者问询帮忙。雪路泥滑，打车几块钱师傅一块不肯多要，明澈友善的眼睛，让雪野生春。有极重要的事，在街头拦不着车，乱走乱穿崩溃中，愣愣地截一辆载有客人的车，师傅与乘客俱热心，一时满庭芳菲。

经历后才更知善的光泽，小小的磨砺只是裂隙，为的光与水渗进来。一箪食一豆羹，一次相助，得之我幸，莫不静好。

3

写毛笔字，肥如蒸饼，难以疏瘦，概因笔墨浓深之故。枯水墨，有留白的好。都黑了也不恼，就写白字。这便是豁达。不较劲，东边太阳，西边月亮，一地青霜落梅花，都是你的。

颠簸路上的人急头白脸想奔回家，最为躁，停下来时准有一场大病候着。享受旅行的人，则行一处便是一处的好。三毛那样舒国治那样，只背个行包，累了席地，饿了啃馍，渴了有山泉最好，无处不有邂逅，听风听雨都等于过节。

大雪的时候，扛着行李包走在夜深的山里，前不着村后不着店，想以后嫁人就嫁"车货子"，三步远也车接车送。但是咬牙走过去了，就是鉴赏的姿态。

因为看微雨中海棠，雨突然暴起来，数千葫芦娃呱呱坠地，落汤鸡也罢，只当是雨打芭蕉。经得起，阳光一照便宽衣秀目，端端正正。

4

乡间有个九十的婆婆，走路逛集，嗑榛子，啃酸梨，吃烧棒子，飘轻。就一样，头发一年只除夕一洗，还说伤元气。村里许多老物都下架了，唯她的发上还梳着髻儿，养着古老的琵琶精。玩纸牌，说老话，一探手，衣襟里摸出个虱妖来，拎到窗台行刑，大拇指甲一对，嘎嘣一声，血浆迸裂，回头不误和牌赢钱。村头晒太阳，半傻的儿媳妇抱着婆婆的头，略一扒拉便掐得风生水起。无惧无忧，无望无怨。

时间突然慢下来，旧时的场景在街头宛转。这样的老人是井边的瓦罐，能照见村庄前世，美人老爷下棋的书生，麻牙大嗓的长工，鬼狐故事夜黑头，狼长嚎猫头鹰怪啸，五月青苗地撒欢成瘾的少年……

静好便是城外有这样一处村庄，是你的童年玩场，现在仍可回去过老式的年；春天下雨种菜，夏天光脚撵鸭子，秋天亲手烧棒子吃，冬天火盆上烫酒把自己喝倒下。接上五彩缤纷的地气，比什么都真实安心。

5

飞花逐水，便不静。内心川流不息，便不安。很多浮名不像茶，泡不下去。很多苦难要当作米，熬成粥吃掉。草长到心头，草也可以做饼。

像婴孩在子宫里的好，苦日头下有一棵树的好，清晨自然醒来不心慌的好，写字是笔下白鸟乱飞的好。

雾霾散了，蓝田日暖，采叶尖上的残雪化了烧沸，煮梅花茶，写梅花文字。去街头买陶瓷花盆，插银柳过年，遇到乞丐姑娘跪求，掏出身上所有，引得卖花郎修鞋匠也倾囊，不是为催人泪下。不图能把每个时光都过得晴暖，但能应景文绉绉拈春愁，也能有心实实在在地舍出，极是可贵了。

　　所以静好不是在一起，而是念着。我看到你的苦，为你流泪，便是微风缓缓吹。天色暗下来，我们都点一烛萤火吧。

消　寒

冬至起，世间向隆冬迈进，嘎嘣儿嘎嘣儿地冷，冰有冰包，窗有冰花，大地怀孕。

"隆"字好，茂盛，昌荣，扎实，丰硕，只有冬可以享用这个字，同"盛夏"的"盛"。可见，冬不寡淡，不薄情，内蕴之足非其他季节可比。那三季是外露，是地使出去力气，使尽了；是耗子们偷盗，消耗粮仓。植物越壮美，大地越虚脱，只剩下骨架，眼睛深陷。但是秋日它开始收租子，小斗出，大斗进，它就笑了。走了的，都会回来，还会三妻四妾，雨夹雪，落叶加尘埃，覆盖它，填充它。冬是个貔貅，只吞不吐，悄悄地丰沛，藏有双生子。

大凡人不爱冬季，怕冷。但恰恰冬季万物深藏，人可以纵情纳入天地精华，养身养心，养股子正气。

与一女浅酌，见其着中式刺绣夹袄，端庄安静，说古筝弹得极好，说吃维生素 E 一日一粒，已经坚持二十多年，尤为可贵的是，她爱读《黄帝内经》，且在每年冬至那天开始吃乌鸡白凤丸，一日一丸，九九八十一天，冬尽，停。

我非常喜欢这样内省的女子，懂得保养自己，是保养人生，保养精神。面目与精神终究要示人，能好，不要次，能亮堂堂不要暗分分，能在奔涌的寒流中安静下来，读书，弹琴，多了不起。再看自己，活得太粗糙，无可忍受。我发现几乎隔上一段时间，就会有一两句话像敲梆子一样，敲击我的心门，告诉我，该停一会儿了。

冬夜长，但可消遣的娱乐也多。前几年画过梅花，从冬至那天，仿《芥子园画谱》，每天一小朵，毛笔宣纸上画，遇着节日就描红，至八十一天止，一大张宣纸八十一朵梅花，朵朵有情，日日月明林下美人来。也有特别的，父亲忌日，笔墨突然花了。

乡下的冬夜，没有电视的时候更漫长，下午三四点钟烧火，五点吃饭，天就暗下了。有看病的或串门的缓缓踱进院，坐炕头，搂着火盆同父亲聊聊病，说说药方，卷上一两支烟，走了，父亲送出大门外，就着月光回屋，我们铺炕睡觉。一炕的孩子脑袋挤脑袋，呼呼地香睡，母亲在窗台点灯做棉衣，哧哧地拉线伴奏。父亲在地下，靠在红柜子上，低头思索状。半夜，母亲也要睡了，父亲接过灯，放柜子上，捻小一点，翻一节《黄帝内经》，而后合上书，继续对着灯思索。睡醒一觉，见灯影还在顶棚微微闪烁，父亲趴在柜子上，盯着墙角，成了雕像。一夜一夜，姿势不变。冬日就过了大半。

他的一生那么多的矛盾。热爱打猎，善于在丛林和雪野奔跑，但他是医生；他是医生，满腹的知识却被拴在深山小村庄，无法靠行医挣钱养活家小，必须在土地上拼命劳作；当可以有机会做想做的事，他的寿命已接近终点。后来他坐炕上看电视，广告也坚决不落下，直到刺刺的雪花出现。也并不睡下，端坐炕头看窗外，看树影攀着月光缠在窗棂上，风吹影摇，像他怎么也思考不完的心事，看他的一大把清愁一个个作古，被西风吞没。

一炕的孩子们都飞出去了，他的清愁一点没少，思念的重量要压弯了。那年冬天，他预感自己不好，格外想最远的我姐姐，写了信去，来回也要一月，他的心里有一万只麻雀慌张飞叫，电视也不能解了思念。巨大的空洞令寒冷遁去，他一人溜到西屋，放玉米的炕上，坐下搓棒子。那是常年不烧火的空屋子，冻透了。母亲叫不走他，只好端着火盆过来，父亲的眼泪，一对一对地掉。过年初二，他就走了。幸好我们都回家过年了。十年后我才突然醒悟，那屋子，原是我们姐妹仨一直住着的，枝枝丫丫都散发我们少女时代的气息。

那以后漫长冷寂的隆冬，半卷《黄帝内经》上，总是滴着一个并不老的父亲瘦削的眼泪。

冬至始，我读《黄帝内经》了，每晚一节，到九九结束，正好八十一节。而后，隆冬去，春至。春三月，此谓发陈，天地俱生，万物以荣。

十月获稻

　　星光闪耀，书报上的人物，有一天会在离我一米远的地方，或者酒桌上我的左侧右侧汩汩滔滔，时光花枝绽放。他们也曾是张三李四王二麻子，在一条路上走着走着，就走成一身的光彩。在光的丛林驻足，好比置身农家，一畦春韭绿，十里稻花香。

　　感谢古老的汉字，凿出浩浩荡荡的河海川流，舟来船去，晓风柳岸，这条温暖又沧桑的路，让许多爱着的人相遇，延续温暖又沧桑的故事。

　　感谢我能热爱文学艺术，这个快乐之源。当我纠结于被怪圈束缚的师承与教育，在重重丝网下，思想生锈，灵魂长斑，脸上也难现蓝天白云，可是转身即有光，有个窗口，山清水秀扑面湿润的风，照亮幽暗处草木黄花，是一出惊喜。这光的世界必涂亮你的语言和思想，课堂自然多了山水，通透了世界。这些，也是同样被怪圈束缚的学生需要的。你与你的热爱相生相长，打破原有平衡，或生了新的迷茫，都不打紧，是有新的路要出现。云腾致雨，露结为霜，自然界没有白来的。你就是你深藏的花枝，你就是你的种子和果实。

所以，做个有理想的人，十指沾泥，扶苗入土，一行行汉字青枝满地。成熟是要经过岁月的。你只管往深处走，走得越远，遇到的人，遇到的悲伤与阳光越多，山水越壮丽。你们一身布衣，稻花香里，眼窝深陷，声音沉甸甸的。

撒过的种子要不要记得收？

过去听说坝上高原大地无边，春天带上种子扛犁牵牛出发，走哪种哪，种不动了就回家，不用施肥打药不用锄地，野生一般。秋天赶上大车去收，长成啥收啥，走到哪收哪，看不见就算给动物做贡献了。这感觉忒好。

死皮赖脸地记着，斤斤计较地收割，检检点点地深查，会伤根，耗费许多珍贵的快乐。

朝哪看，往哪听，是个妙处。

深秋，田野关门，萧疏不忍读。果实们轻车熟路回到家，宅门活色生香。

我要看看有什么门窗可以打开的，后窗，偏窗，天窗，没有就凿一扇，得看出去。刻意积一院的雨水等着听蛙声，刻意到乡间住两晚，等十一月蟋蟀入我床下，半夜有朗朗的叫声，美死了。

最好是出来，站在一棵秋天的树下，树上露出天光，树下一地织锦。那树是你的前辈所植，它结果或不结果，多年了，就是一种象征，老枝老叶老风骨。你得爱。新落的苹果梨叶子，踏踏实实老下来的橙黄橘绿，好过春花。

不是所有的叶子都落得漂亮。梧桐叶落抽巴成干，十分难看荒冷，你要在夏天，有雨的黄昏多看看它，那你就是树的知己。

遇见知己，就是满街的人声，只有一棵树静立。天空不必太晴朗，布些潮潮湿湿的雨意，小小的，夜雨秋灯，才耐看。

花圃里闹妖似的，蒲公英胖如蛛网，苦麻菜肥如小白菜，豆丁点的黄花开得熙熙攘攘。没有毒，不会再结果，但那样超常仍然有点怕。

秋后收割的田野，荒草总算摆脱庄稼的遮蔽，跟从太阳，嗞嗞冒泡，繁荣无比。幼时，常同着婶子去地里挖猪菜，婶子有讲不完的鬼故事，大家就往一块挤，满身兴奋的汗。突然后背凉下来，最后一抹夕阳蹭到山边了，昏暗的山野，半截颓墙，脚下不时踢出风化的人骨，十分可怖，赶紧催着婶子跌跌撞撞回家了。第二天还要去采。野菜和野说，在秋天萧瑟的山谷里才更野性，鬼性，辣劲足。

那些蒲公英遇到好的阳光了，能等明年再发吗？不能，明年的春光已经不是自己了，而一夜秋霜会毁掉所有，必须热情高涨，使出浑身解数。

我想起七十多岁的梁实秋，老爷子空前释放大把大把的爱给四十岁的韩菁清，即使娶到一个屋檐下，仍然满篇满纸地写，说呀说不尽。遇得太晚，就是要这样夸张地表达，怕来不及。

禁不了的广场舞，控不住的旅游大军，那种强烈的吞噬感，类于黄昏气象。长时间的剥离阳光，禁锢肢体，如今有点老了，有点闲了，秋后的小阳春这般美好，让我青枝绿叶回，姹紫嫣红回。总会慢慢放松下来的，他们会分散在长街短巷，三山五岳，三两对兜兜转转，如同三两知己的"晚来天欲雪，能饮一杯无"。

镰刀割韭菜不妥，行动比懒惰向上。要赞美那颗求生求美的心，也要原谅这颗求生求美的心。

穿过繁花

今日霜降，孔雀蓝的天空，草叶拴住绒亮的日光，蛛网依旧结满了珍珠。

许多树秃了，仙女集体下凡，天庭空荡荡。叶子按树冠大小，落出个大圆。银杏树下金凤蝶大聚会，红叶掺了黄绿褐，叶脉清晰窈窕，都舍不得踩。白桦树惹人怜，近了才看到树皮上趴个虫，圆鼓鼓的厚铠甲，黑白斑纹，颇像树皮上黑色的树眼。好个拟态，说叫"骚坝子"，幸好不曾摸。梧桐扔下一地抹布，树上破烂大叶子和长豆荚吊荡着，有八百个不情愿，或者实在忍够了的坏情绪。绕过去，不想碰触它的惆怅。

我被一圈一圈的落叶绊住了，遥想初春，它们嫩嘴拙舌唏唏笑天不怕地不怕的样子。只有落在地上，才知道一棵树一年究竟生了多少叶子，支支棱棱巨型树冠，扫起来，也就一麻袋一小车，像人忙忙碌碌一辈子，临了就是一盒子。但每片叶子都尽可能长得圆满，每个人也都努力地过得像个人。整个大地，要落下多少叶子？曾经多么奔腾豪迈的喧哗，此刻就是加万倍的寂寥。但也许更寂寥的是风，和剩下的人。

冷了。真丝内衣外面套着绒衣，走路也有一股子风蹿来荡去，身体像落叶的树，光秃秃哪不挨哪。该换贴身的布衣了。

又见荷兰菊，我叹。开时浅紫的碎米样花，也并不好看，谢时暗紫浓青一片，如张爱玲小时候特别厌恶又被后妈强迫穿的紫袍子，是褪不去的冻伤，被损坏的心灵。不看。洋甘菊从五月一直开到十月，花瓣由厚到薄，枯草里依旧艳，也令人不适，像老人脸上挤满了忧愁，弥留之际的残喘。我担心夜里一场霜冻，它们会哑了嗓子尖叫，听不到也会疼。不看它萎缩的样子，是对花的体恤。

赏花赏到落，就像看一个人老到难看老到凄凉，不免痛苦。我村庄最老的九十多岁婆婆，虽儿孙俱在，到底一个人孤守了几十年，每次回家我都想问个好，却都赶上她病，蜷在炕头，像梧桐佝偻的枯叶，费力地扭过眼珠，羞愧空洞，已经没有前世今生。而之前八十多岁时，她挎着篮子，稳健地迈着小碎步，上梁下坡，穿过一个村庄去赶集，又稳当地，脸红扑扑地走回家，那样可歌可泣的壮举，谁不啧啧叹叹。要是活到不太小也不太老就终止多好。人最落魄的时候，一定是不能动，死不了。老人能把自己当成婴儿，就是至亲也未必能当她婴儿。老就是悲。花落了就落了，人自己落不了。

三秋不赶一秋忙。收割的农人，越冬的动物，赶着结婚生子而后凋萎的虫，叫声更加急迫。街头空旷，爱骂几句不孝子的老头们也止了声，盯着麻喜鹊一对长尾巴帘，低缓地扫过老屋灰瓦，去蹭最后几颗树尖的红枣。最后一茬韭菜，最后一茬豆角，最后一茬青椒，最后一茬尚有无数花骨朵的菊花。

我翻出旧年腌咸菜的灰瓦罐，腌韭花葱叶的小口大肚锈绿瓷坛子，做酱的砖红色小三缸，还不够，废旧的瓦盆，铝盆，铁锅，白色蓝色的旧油漆桶，都栽上一坨坨姚黄紫金，摆在朝阳避风的石墙根下，老屋檐下，木门口，绣花门帘卷着一角，搭门槛上，一束老夕阳抹过去，印象派画意。夜里冷，我妈会给它们加件披肩，熬过霜冻，抱香眠去。冬天就要来了，山里会像一本书，睡着了，我愿意枕在书页上。

野花踢不开冬天，是否羡慕人的暖屋和自由？反正人是慕花的。花一年一年地开，新的并不是旧的，人也一世一世地来，为什么我们仍说"花有再开时，人无再少年"？人还是没有把自己等同于自然，产生错误的悲哀。以花界看人类，有老去的，更有越来越多的婴儿哭喊着来，就是"春风吹又生"，每一个胎儿都将孕育我们的年少。

我们看植物永恒，而它看我们亦永恒。这就是了。一个人的离世是庄严的，一棵草的枯萎也是庄严的，我们握手，借此奔向新生。

午后阳光媚行，我蹲在苍耳丛，摘篱笆墙边的锦灯笼，一串串橘红小灯笼有悦耳的叮咚，撕开，吃掉里面橘红的浆果，酸甜多汁，喉头舒畅，世间美好如此。而苍耳子如微型刺猬，瞬时滚遍了袍子和围巾，甚至扎进肉里。我一路走，一粒一粒扯下，帮它们在大地上占个位，还有几粒颠簸着跟我来到城里，实现了远行。可恼又聪明的小东西。

没错，自然是以种子和死亡抗争的，我们也是自然的种子，穿过繁花，不减当年。

满目秋日的影子，一处悲一处喜。这么丰厚的秋，如果没觉得幸福，是缺乏捕获幸福的能力。

漫山遍野都是今天

我还有樱花样的秘密在生长。这就不怕，冷风已在怀里踉跄而亡。青草青，露滴落。它们各事其主。梨花有梨花的，杏花有杏花的，至于桃花，年轻不过也老不过它，不与它争了。

我守着一段干净的枯木做茧，幸好有微雨浸了好梦，且生成几朵苔花。也许是黑木耳，如果我爱，它就是灵芝。可以宠幸身体，做治病的药引。我躲在后窗勤恳吐丝，欲织出崭新的黎明，给苦修的路人酿一杯金色的牛奶。

雀们早已安睡了，夜深石凉，我仍长揖月下，叩门不止。仿佛叩在沙堆里，沙砾不住地塌陷。为此我满目羞愧，低下头来束紧衣装。沉沉的夜阑，蝴蝶在哪养息我很想看见，替它加件外衣，挡一挡湿重，好忘了自己。

梨花长啸一声，草圣才书几笔，春天就要没入泥土了。我像植物及时站起来。像一棵能结果的树站在山顶或庭院，心含温暖的惆怅，对失落渐以为常，对愉悦合十手掌。我懂得惜福了，对每一寸有爱的光阴视如珍珠，让它刺穿耳朵，留住疼痛。然而止不住的流失还是四蹄蹚开，乱踩记忆的花朵。疼也不能喊，残红褪尽，树自清净。

一棵树就是一座江山。道远而险，亦要拼命打来。有无数勇士落地生根，女人和儿子们竹笋般蹿出来，杀声震天，枝枝都有节气。树不承认孤独，树独自支撑大业，最懂得打坐参禅，运筹百米空间。清寂久了也抢锤长歌，有时拿剑说话，白发飘飘，吐沫成丁。即便轰然倒下，也是英雄下榻在自己的墓床。

可春日尚在，悲伤像浅笑掠过山风。这是让人欣喜的事儿。日头明显好于夜色，挖菜比读书重要，看人比看花重要，今天比明天重要。别愣神，一秒不要等，在日出时分，一身蓝衣，孔雀一样俊美地站到山坡上。

他伸出草莓的手指，你开屏，云朵层层深深，光阴倾进金沙银沙。谦卑与傲骨都快放下，光脚丫摔泥巴，顽童的吵架，野百合的婚床，忽而滚进大河里，变作了小鱼小虾，失去人的体重。世界在唇边油油招摇。

花开看花，花去则叹惋二分流水二分泥土。一个有创意的春天绝不是这样。你要端坐路口，千娇百媚，邀春小酌，拉其下水，且嘱群鸟叼衣而去。

他便飞不成，他就是你独自的郎，漫山遍野，他只能停在今天了。

佛前一朵生地花

天下人看了洛阳牡丹都开怀，沾了国色有富贵气，我导师看来却蜻蜓带水，反刻意放大一张照片局部：岩石嶙峋，极窄的裂隙里蹿出一枝灿烂的花朵，筒形粉颈微仰，仿佛侧耳谛听世界。

生命顽强却也寻常，及看到整张照片，我肃然起敬了。那是龙门石窟，花朵上方恰有一尊半身佛像，左手下垂结与愿印，右手掌心向前结施无畏印。是布施像，宁静，优美，慈爱。如此，那花便天然成了佛前供花，大有讲究了。且花亦不凡，是生地。生地根为地黄，在中草药界光彩照人，生长极其用心，深吸地气精髓，土地因此变苦，八年之后方可再次种植。李时珍说："服之百日面如桃花，三年轻身不老。"可信。

小小一枚生地，得怎样虔诚修行，方能今日花开见佛。你打哪来？我不打哪来。天大地阔，不问出处。佛前开一朵生地，只因顽石再硬亦有裂隙，这样才有机缘接受水土种子，生命招摇。人身也会有这样一道道挫痕，痛了才懂得容纳，长出新芽孢。生地烂漫于顽石之上，一点水一些土已足，生命真的不需要很多，过多都是贪妄偏执。这过程印证了"放下"。轻身才简单，才能走得远，没有则不强图，有也不过分挂牵。

生地，医病。佛者，医心。佛陀拈花，迦叶微笑，这等呼应，神明相昭，有悲悯之气，呈现生命的大美与感动。菩萨沉着，微笑，鼓励；种粒发芽，开花，生根。一低眉，一仰望，善心随生，勇气来临。

名佛巨大庄严，顶礼膜拜者不可胜数，而石窟无名之尊更多，因不识花朵，不明佛理，路过亦不入心。但每一尊佛的眼里都是众生，佛性不分南北，亦无高低尊卑。导师是药理学教授，植物音容秉性天生谙熟于心，她录下佳境，我看到神奇，俱都是缘。

导师年轻时一条大辫迷死人，四处求学吃苦受罪，拿高工资，却与奢华无关。喜好街市觅寻好看价廉布料，自己裁剪裙裳。学养越深越是淡泊，心疼一群寒门学子，你若带去一点东西，她就敢撂下脸轰你出去。她就喜欢你简单地来，看满室花草，包大馅蒸饺，煮一锅玉米，吃盆栽的青菜萝卜，听你的苦辣酸甜，而后默默地施以尽可能的帮助。"简单生活，够了恰好。"她说。一只流浪猫在门口呻唤，她抱起它，虱子跳蚤草鳖黑压压密布，心上颤颤的，她耐心拿篦子刮梳洗澡，猫乱扑腾，她哄着乖。

不浪费不贪恋就是布施，善待生命怜惜草木就是布施，如来也是卖花人，草木心，所以自心是佛，肉身便是供花。牡丹倾城倾国，牡丹有布施之心，生地小而涵养更具布施精神。郁郁黄花，无非般若，世有因果，人须为善。如此便是用心生活，轻身不老，老也面如桃花。

那些风雨再淋不到我了

当我们隔了千山万水颠簸了多少昼夜，转乘了飞机火车大巴出租车，终于把异乡的烟尘雾霾截在窗外，搁浅在自家沙发上横躺竖卧，吃橙子喝热茶看电视读花边新闻，我说这种野渡无人舟自横的散漫状态，就是静好，静好就是历了沧桑之后满天慵懒的星斗，及星斗淡去后冉冉升起的一轮日光。

元月第一天开始，高考倒计时。每天早起第一件事，上电脑记日记郑重祷告：阿弥陀佛，保佑孩子高考顺利！风雨无阻，一直坚持到高考分数线下来，确定通过才停下。好像魔怔，必须写下来，默念都觉心不诚，在外就记本子上，这样才踏实，一天不写怕会影响高考。临时抱佛脚也要抱，姑娘很努力，希望很大，也要抱，能做多一定不要做少。艺考那么多艰难的关卡，得一道道硬着头皮过。

择师难。孩子在东北专学小提琴和视唱练耳，一直带着的老师离租屋太远，小女孩一人打出租车早去晚回，大雪隆冬又冷又黑又不安全，学习亦遇到困难，心态突然悲观，电话说着就哭起来，担心不能通过艺考，想换到更有把握的新老师那儿。孩子表露了想走的意思，前老师滔滔不绝给孩子也给我说了一车话，各种道理。我犯愁了，从道义上讲，前老师一直带她，对孩子也好，还有两月就考，说走实在难以出口，似有不信任感，我以为不能换老师，甚至想就是考不好也要良心上安宁。但孩子对新老师一见倾心，觉其更有魄力，教学效果好，且住地近，有同伴。新老师也给我打来电话，说做家长的太不负责，让孩子一个人那么孤单不知所措，耽误了高考后悔来不及。

换还是不换？遵从道义，还是遵从孩子的心思？一时难煞人了。万一换了新老师反不如过去的，又怎么办？我在家里吃没心思，做事没心思，睡觉，哪还能睡着，突然觉得人活着这么痛苦，这么没有幸福感，左右摇摆四方都痛苦，必须现场考察当机立断。晚上我就坐火车奔了东北，与孩子面对面谈谈，还是希望劝动她跟原来的老师学，今后见面不尴尬。可是看到孩子在冷风中孤单的小样子，小脸焦黄眉头紧皱说话也弱弱的，我决定站到孩子一边，是孩子在高考，而不是父母人情，给孩子吃颗定心丸，别让她每天在忧愁中消极应对，心绪不佳绝不会有好效果。再难说出口，也要硬着头皮跟前老师道歉说明。

后来看到姑娘快乐学习，有说有笑，进步特快，尽管心上对前老师还有愧疚，我也觉得是做对了，如释重负。人生就一次高考，孩子的事是天大的事，一切都要向着利于孩子的方向。这是永远没错的。

与"票"做斗争，烦恼。我放假去陪读，开始各种订票，参加河北省城的艺术联考，小提琴与视唱练耳考试没安排一起，中间隔了一周，来回就得折腾两次，赶上春运，赶紧网上抢票，网络安排住宿。又决定年前去武汉考点参加所报学院的艺考，而后直接绕道京城回家过年，开学就直奔文化课复习了。又是一番网上查票订票，计算来回日期，寻找住宿，好容易妥了，忽然说不设考点了。失落中紧忙一连串取消，又快速抢订从省城回家乡的票。已经到年根了，只有硬座，要坐整整一宿，那也要，总比站着，比回不去家的强。省城，东北，武汉，北京，家，五地来回转，虚虚实实累蒙圈了，好歹有网，不用去车站挤票，算享福了。

省城打车太难。以为住地离考场近，打车很快能到，结果站旅馆前等半天没有一辆空车，有也不停，管你有啥急事。赶紧走一段路到十字街口好等些吧，半天过去还是没空车。到马路对面试试，也还没有，那再回去，远处来个空车，忙伸手招呼，突然杀出个人来先截走了。考试时间一点点近了，我拉着女儿马路上下左右来回急急走，无助，惶恐，气喘，我差点哭天抹泪，就是哭天抹泪也没车。又不能埋怨孩子磨蹭，还是自己没有做好，这要耽误了联考，就影响高考录取，我就是罪人，神哪，老天爷，阿弥陀佛，快来个车。实在等不着，我急了，拦住一辆载有人的车，对着车窗央求："师傅我们要参加高考艺术会考，快晚了，您受累拉一段吧。"师傅为难："我倒没事，你得问问顾客。"顾客是个女孩，没想到特别爽快，上车，走。我们不清楚去考场的路线，师傅也不知，恰好那女孩知道，一路指导并安慰我们，在考场关门的最后一刻及时赶到了。

有惊无险，我的心上仍像被大雨浇得生疼。这个时刻，姑娘虽也急，却比我镇定，看来仍是款款大方，埋怨我："你快好好说话！"我才觉出自己赤头白脸求人时，声音都变调变哑了，有点丢丑，我当检讨。但孩子怎能明白大人的心思。

安然通过考试后，我们去咖啡厅慢悠悠喝了两小时，调整心态，慰劳自己，一夜劳顿回家，几乎瘫倒。积蓄力量，年后再到东北战斗！

备战学习更为紧张，终于熬到学院艺考。那一天早早地来到考场，看孩子从容进去。天冷得出奇，雪花细细地撒，绕校一周不能平静，躲到给家长预备的休息大厅里，人群更是乱糟糟。幸好带着《蒙田随笔》，找个角落坐下来。好老头，一篇篇论理说道，解愁解闷，一切风云纷扰阻在身外了。

艺考太难太复杂了，结束后，我们立刻从东北飞奔省城冲刺文化课了，拼上仨月过关，应有自信。六月初全国高考结束，姑娘如愿考取了音乐学院。阿弥陀佛！那些高考的风风雨雨呀，再也淋不到我了。

山野采得满筐诗

一条大河从山里轻松地奔流而来，清气扑面，它有个好听的名字：转山湖。

晨雾缈缈，宛若刚从水中捞起的轻纱，河滩上大大小小滚着圆滑的石头。水草露珠都充满新鲜的味道。水流清脆，像谁家姑娘隐约敲着细碎的小鼓。远望长河，清晰地现出两条黑色曲线，绵延数百米，近前方知是无数小蝌蚪列队游行，不禁叹为奇观。每一只不肯掉队的样子煞是可爱，立时想起法布尔《昆虫记》中的一幕：一群灰毛虫首尾衔接，围绕一个大花盆无穷无尽地爬行，不死不伤绝不离开。想来这些蝌蚪也那样地执着。

这里颇为静幽了，除山坳的几户人家外，只有我们一行人。静谧得能听到虫们羽翅扇动的声音、草丛中蹦跳爬行的声音、野花一瓣瓣张开的声音，仿佛呼吸都有了回声。

沿着河边茅草掩映的小路且喜且行，随手即可摘下几朵娇小的野花，捉到几只惊慌的小蝴蝶，蜻蜓对对叠飞，孩子们总想破坏它们的好梦。蒲公英像金色的小溪漫到脚边，忍不住折一朵吮吸，都是春夏微甜的味道。累了，便在一棵盛开的山樱树下休息。粉色的花瓣落在身上，谁也不曾掸落它鼓鼓翘翘的小身体。枯干了，就残留在布衣上。

野百合在草丛中玲珑着，橘黄的舞衣柔柔弯弯。孩子们见惯了花店里大朵的百合，对这小巧可爱的野百合竟爱不释手，顺手折下。我接过来说："它的俗名叫'花根花'，花瓣能吃，花根长得蒜头一样，也能吃，是我们小时候的点心。还有酸不溜、地瓜瓢……"还没说完，那几朵花瓣已进了几个人的小嘴了。我也尝了一瓣，有如咀嚼童年。

花儿是不会怪我的。寂寥多时，终是有人感觉了它。想这寂寂深山，许许多多的花草都是无声无息，凝成满山秀色，清气横溢。若装了箩筐带回斗室，不知它可愿意。"莫待无花空折枝"，想来古人之爱花，花是可以折的。"江南无所有，聊赠一枝春"，也可以赠予远方友人，蒋捷更有折花诗，"人影窗纱，是谁来折花。折则从他折去，知折去，有谁家"。周瘦鹃也是常折下园中的化花草草，插于书房的名贵花瓶，情寄山野，缘何不可。回去定要采些的。

林中还有小木屋，想必为了歇脚用，一农妇正在小溪旁边半跪着捧水喝，脸庞被太阳晒得红涨，汗水滴淌。旁边是一筐绿莹莹的野菜。

我们朝前搭话："采野菜是自己吃还是卖到镇上？"

她咧开嘴笑了："山里野菜更有营养，包大馅最好。自己吃，也要卖出去，挣点零花钱。"

她翻检着筐中的野菜，一一说着名字特征。我们也扔下伞满坡地寻觅，孩子们则奔跑追逐，吵闹声响遍山谷。一会儿工夫，我们都成了满身汗味脸色红涨的乡野女人了，互相看着忍不住哈哈大笑。

看袋子里的收获：黑绿的猪毛菜，嫩嫩的长虫苗儿，欲飞的鸡翅膀，硬挺的蕨菜，先苦后甜颇有嚼头的苦藜芽。当然每人也不忘采摘满抱的野花：怀里是粉团团的栀子花，衣服扣眼上一朵小小的雏菊，耳边夹一朵蓝紫的桔梗，一个小男孩扛着绿色的茎秆跑过来，茎秆的顶端飘摇着几枝长长的狗尾巴花，这美妙的创意，一时让大家开心笑倒。

返回山下，在林中幽静的河谷里，我们从容地洗漱，纳凉，吃饭，打牌，孩子们去水里尽情扑腾，看看天色将暮，山衔落日，要离开了。

黄昏以花的形式，一大朵一大朵开遍山野，绯红而轻柔，像情人的低语，让人的呼吸变重。喜欢白天山野的烂漫，也瞬间爱上这山间的黄昏，就像突然爱上舒婷的诗歌，《会唱歌的鸢尾花》正叮咚地开在渐渐浓郁的暮色。

到自然中来，成为一棵自在的野花，孩子们就是那一朵朵小野花，自由地开放生长，一日半日也是好的。

偷得浮生半日闲，

山野采得满筐诗。

烤棒子的味道

好晴天！柴门前开阔的地界都是苗壮的玉米，硕大的棒子吐着迷人的花线，小心剥开层层绿衣，露出一角丰满的玉米粒，我兴奋地大喊："妈，可以烧棒子吃啦！"母亲瞬时点起灶火，浓浓的烤玉米香弥漫了整个院落。

哦，还是梦。母亲已经来城两年了，我的梦里还常是老房院，甚至奶奶早已塌掉的小草房，也常灯火通明地亮着。

今年只在清明回了一次老家，四处都没有绿。推开多日不曾响过的柴门，只有岑寂，还凉的风吹过清冷的树梢。窗子都被木板挡住了，打开锁头进屋，墙上隐约现出艳丽的大幅牡丹年画，阴冷得泛出霉味了。我赶紧退出屋，坐在窗下的台阶上，阳光若有若无，内心一片萧瑟。

习惯了放假就奔乡下奔母亲，母亲不在老家，心里没有着落。看来我牵挂的不只是母亲，更是多年点点滴滴的乡居情怀。

"新烤的玉米，两元一根。"每次路过烤玉米摊，总会来上一根热热地抱在怀里。格外喜欢这浓浓的甜香，只是炭火过旺外熟里生，远没有乡间柴火烤得那么馋人。我家从棒子能吃开始，一直吃到老秋，玉米穗大饱满，不是杂交品种，裹着单层苞衣一起烤，不焦不煳，唇齿生香，那是饭前的一道美妙甜点。有的人家舍不得吃，孩子馋得流口水；有的女人借口将野菜偷掰别人家的棒子藏在筐底，被人咒骂着。但是傍晚时分，家家户户炊烟升起，烤棒子的香味远远地散着，早忘了不快，心神都飘忽起来。

母亲烤棒子最是利落好吃，一根烧火棍摆平，还不误饭熟。家中人多，一根棒子往往要掰成两三段。父亲当然是先吃且要最嫩的，接下来是两个受宠的弟弟，然后我这老丫头也理应照顾，之后才是哥和两个姐，母亲只能见缝插针吃两口，且都是小而瘪的棒子头。有一次我只得了一段就没了，立时恼怒把棒核摔出老远，被母亲大骂："这么多张嘴，给过就忘了，等会儿不行？"我委屈，跑到大门前的石磙子上哭泣，大姐跟出来，答应晚上炒玉米粒吃，想一个个金黄的嫩粒像胀气的小鼓，在锅底叮咚跳蹿，洒上盐水或糖水，是极好吃的，趴在大姐背上笑了。

当这么多孩子的妈，真是太为难了！养这么多的孩子，父母真是遭罪了。我于是常埋怨母亲，干吗生这么多，人口少，活计少，吃穿玩都好。我们小时候总有搓不完的棒子，推不完的碾子，刚与伙伴玩得开心，就被母亲大声喊回，晚了要挨揍的，除夕晚上伙伴们一拨拨提着灯笼来找大姐，可我们刚包好两大缸盖饺子，母亲在灶前还忙个没完，大姐一边贴窗花一边流泪，花叶都扭歪着。到老了也过不上清净日子，父母还得为小的学业婚娶操心。母亲说，哪有法子啊，那时不兴计划生育，大家四处讨偏方草药，连蛤蟆咕嘟都吃过的。人多有多的好，过年过节这个不回来还有那个，家里不空荡。

我最喜暑假，八月的乡村美满又丰盛，山上树上地里好吃的东西随处可得。常与母亲提着菜篮去地里玩，摘些橘红的豆鼓鸟，穿成长串挂在木格子窗前，冬天冻着吃，酸甜有味，想着儿时的歌谣都会流口水：

三块瓦，盖个庙，里面住个白老道。

顺便挑几根嫩棒子。傍晚五点钟，暑热渐退，我们坐在灶前厚厚的蒲墩上，蒲墩由玉米青软的苞叶编结，小时候奶奶教过，把长而柔韧的长叶捻来捻去，在手中越来越长，又一圈圈盘起来，那感觉就像我和姐姐同母亲窗下绣花，撑起竹制的花绷子，轻刺慢挑，五色花线点点盘踞成朵成蝶。

母亲唠些旧事：你爸最难侍候，吃烧棒子也是极挑剔，老一点凉一点小一点都来气来火。人是好人，可惜有挺高的医道，一直没机会大用，还愁出一身的病，活憋屈了。我说还不是一大家子人拖累的，好歹撑过来了，我们还算有些出息，上坟的时候都给他念叨过了。人家说，夫妻一方早去，另一方多半长寿，妈你就好好活着，种着小园子，闲了就出去转一圈。

母亲捅了捅火：我这养着小猫和一大群鸡，出去没人管，还是你们回来好，老屋一闲就完了。这个棒子嫩，把那凉的丢下喂鸡吧！

我扔了一大把棒粒儿，母鸡惊飞，又纷纷颠回来啄食、掐架。

夏天的灶台搭在院里，挨着菜园的矮墙，炊烟飘过嫣红的凤仙花。大丽花怒放，粗壮得几乎要高过石墙。鸡架旁的枣树上缀满正在泛红的枣子，熟透的李子珠落一地，白蝶在白菜空隙间追着飞，忽而停在柴房边嫩油油的葫芦架上。

夕阳朦胧，满院温香，我多么希望房前屋后都是跑动的身影，两个弟弟和伙伴一会儿蹿上墙头，一会儿爬到后山，时而传来快乐的吼叫。哥和爸在写字台上切磋毛笔字，我和大姐在大炕上飞针走线，做新浆洗的猫戏牡丹大花棉被，二姐一心一意喂着细腰长白猪，母亲外屋热气腾腾地做饭，一根根烧着香甜的棒子。

我抓起一根叫着："来呀，谁和我抢！"

第四辑　静步的书

当梭罗遇到普里什文

1

好书是等人的，所以不必抱怨那么晚才遇到它。少时的《红楼梦》一定只是"蝴蝶穿树补花红"的美；少时的《三个火枪手》就是村里几个歪少拿着弹弓荡游在林间；少时的《瓦尔登湖》哪有什么特别，梭罗不过是个喜爱孤独的酸秀才，心血来潮在村庄的边缘种了两年大豆。而我乡邻这样的鳏寡孤独一生都在深山里挥锄，有时呆呆地听大树洞里动物繁殖的声响，想不出云朵升天的秘密。

日子像发丝，一天天白了掉了，许多忧伤聚沙成塔，压在成年的树上，开花，被自己的花朵压弯，结果，被自己的重量压折。大口喘气，逃不脱。这时，一些老朋友及时回来了，梭罗，普里什文，蒲宁，勃洛克，如幽碧的古井，头顶瓦罐的女人，弯腰，低头，汲水。比当初寻找得仔细，一滴一滴，忽然都变作了珍珠。

2

冬天，蜜蜂不能酿蜜，它就消耗已酿好的蜜。

再读梭罗，能忆起初读时，那个清晨所有的阳光，安静地
洒，没有涟漪。我是坐在井台边的一枚青苔，偶然溅湿了。而今
阳光没少一分，我是默默生长的虎刺梅，小青绿的花朵渐添了
粉，后来是嫣红，落了是更浓的胭脂，因它褪去了多余的水分。
才懂得梭罗的深意，吐与纳，完成新陈交接。不读书不旅行不深
入日月山川，只会越见贫乏和漏洞。

梭罗1817年生于美国，与兄约翰同做乡村教师，同爱一个
女孩，女孩却嫁给牧师了。沮丧的约翰受伤去世，梭罗遭受双重
打击，爱默生把他接进了庄园。梭罗得遇导师，爱默生孤独的下
午充满了和煦的阳光。

1845年愉快的春日，梭罗拎着斧头到瓦尔登湖边，砍伐第一
棵白松，搭建木屋，那儿是爱默生的一块地。恰在美国独立日那
天梭罗住进来，种豆，观察，倾听，沉思。两年的时光，在贝壳
中培养珍珠，直到它们完美。

很久以前，我丢失了一头猎犬、一匹栗色马和一只
斑鸠，至今我还在追踪它们。

事实是，他参透祖先的暗示，丢失的宝贝陆续走在回来的路上。大自然能疗伤，也把他染成大自然的容颜，一切生灵因此戴上了桂冠。他觉出富有健康，那些城镇布满奢侈品，又怎能及野蛮人的一千种安逸。

他简单素洁，沐浴阳光，像草木一样反省。因何兽性越来越沉积，神性越来越淡去？奢华是一种罪恶，人就是自己的杀手。生命本该有更多的余地，抛开人群才听见了自己。他活得快乐，却有深不见底的悲哀，是为整个的人类再无清净的日子。

他教你思考，当你不成功时，教科书无比虔诚的告诫更令人沮丧。而梭罗说，你的耽搁是因为中途听到了别的声音。这多么美。一株苹果花一定要结完美的果子被采摘吗？是，但更重要的，它经历了各种节气，畅饮生长爱恨，有过风雨鸟儿天空友人。

一百年前，他声息微弱。可是他喊出来了。

　　农夫有了房子，倒是更穷了，因为房屋占有了他。

　　一个聪明人必须在不竭之源泉的大自然那里挖掘他的地窖。

　　我们并不要贵族，但让我们有高贵的村子。

　　我宁可坐在露天，因为草叶之上，没有灰尘，除非是人类已经玷辱过了的地方。

这些明亮的句子，让我惭愧。我捡拾珍珠，发现已坐在珍珠堆上。

3

在那些春水奔腾过的地方，如今到处是鲜花的洪流。

2008 年我才遇见普里什文，五大本厚厚的青砖，火候恰好。他该得意于他的浩瀚的发现，大自然的日历，大自然的眼睛。我力图变成巨大的海绵，让海的汁液缓缓丰沛。

普里什文生于 1873 年，俄罗斯一个富有的商人家庭。一生出入古老的俄罗斯北方，和神秘的中西部亚洲。一生都沉浸在童话世界里可不可以？普里什文就是这么干的。

他坐在林中砍伐过的木墩上，细雨稀疏地飘洒，摊开笔记本，一边倾听黑琴鸡在不远处鸣叫，一边记下滑过心灵的文字。他就是童话世界的国王，他的子民是隐匿在丛林中的所有生命。他聆听每一声啼叫的内涵，并企图和它们攀谈；他深谙丛林打猎的奥秘，却又比谁都懂得爱护生命；他拥抱它们最微小的梦想，并把自己的梦想附加其上；他听命于静谧的丛林，又深晓丛林从来都不是静谧的。

你死我活的战争随时都在悄悄打响，但不存在尔虞我诈，也绝无可恶的围观。每一棵植物都是努力地向上生长，以图击破遮天蔽日的穹隆，自由地横贯云霄。

这样的精神刺激着他，必须给予它们亲人般的关注。因而他很自然地知晓丛林纵情的自白，它们怎样在冬天里守候严寒，在春天一点点返青，脱离病态，变幻着色彩，由赤裸转为繁茂，再由青春步入凋零，复归于静默的大地。他的眸子里万物都有着可亲的名字，独特的气息，生动的故事。下一步丛林究竟展开怎样的秘密？不知道，但他可以给动物一个家，给花朵一个名，给遇见的每个人以温暖的注视。

当音乐也不能使你安宁，烦恼骚扰你的神经，去触摸那颗八十岁还年轻阳光的心吧。

就是要死，也先把黑麦种上。

他像一只喋喋不休的鸟，衔着叮当响的信念叩击你的窗，传达春天的消息。于是你发现了，第一棵紫花地丁羞涩地谈起了爱情，第一朵蒲公英露出谦和的笑容，第一只蝴蝶披挂优雅穿过你的发丝闯荡江湖。你会不由自主地欣喜，拥有了最美的清晨，还将拥有最美的黄昏，而入梦前你一定会感恩，今天真是最美好的一天。

要去鸟儿不惊的地方，把自己长成一棵向往阳光的云杉或者白桦；长成一片蜜香的叶芹草，等待略怀惆怅的往事轻轻拉扯；长成随着春汛诞生在河滩上的逶迤花带，把自己灿烂地甩到远方。

4

当梭罗遇到普里什文，携手走近我，该在碧蓝的瓦尔登湖，还是彼得堡北部鸟儿不惊的地方？黎明带回了英雄时代，人与人对面，自然与自然相逢。

我必得黎明即起，用一点早餐，内心平静，绝无不安之感，任人去人来，让钟去敲，孩子去哭，下个决心，让灵魂返祖一天，兴奋，心跳，手心出汗。

我必得让自己简单些，再简单些，把城市村庄都抛在后面，为了自由，这才是高贵的。

我必得绕开一些委屈，解除舞蹈病，让脑袋保持响亮悦耳的静止。

我必得借用采菊主人归去来兮的扁舟，去接十九世纪的来客。

舟摇摇以轻扬，风飘飘而吹衣。……云无心以出岫，鸟倦飞而知还。……木欣欣以向荣，泉涓涓而始流。

我们在生命乐园必然的路口相遇，喝中国的功夫茶，世界光彩夺目。

我任他们牵手，一个青年，一个老人，在陌生的丛林里揽着阳光徜徉，人间天上，仅有的浪漫。

梭罗说着湖水四季的微澜，说草盛豆苗稀，改不了那股子野性，说锄掉的败草一侧身就能爬起来，而发出羞涩宽容的笑，说他的土拨鼠大方地采豆养小孩过冬，不用请示。他还要垂钓湖里的鱼，也不曾请求深湖的同意。可喜我那木屋的门从来不曾关，至今还有一点食物，一两本书，给过路的人。

普里什文说着林中水滴的春天，说海狸调皮得没边，雪可以是蓝的，说大自然的眼睛有多清澈，一个小孩要对着湖撒尿，被母亲喝住，怎么能往母亲的眼里撒？说着也哈哈大笑。他想念他的绿头鸭白蘑菇活力面包。马还能拉车，狗状态不错，老太婆也还忙碌着没工夫死呢，我得大干一场，再分娩一次。

去旅行吧，瓦尔登湖纵然是明珠，也只一颗。他转向梭罗。

只这一颗，足以窥见古老的民族生存的密码。梭罗不动。头顶太阳，倾听花朵和蚊虫，浮躁丛中过，片叶不沾身。后来他哭了，瓦尔登湖早不是当初的模样。

普老爷子捋捋胡子，扛上枪走进密林深处。他越走越远，他的猎物都被赶到地球的边缘了。

对我，他们各留了一句话。

梭罗：

　　在微红色的曙光中，在曼侬的音乐里，你做着什么样早晨的工作？

普里什文：

　　日色愈是美妙，大自然就愈固执地刺激我们，向我

205

们发出挑战：天色真是不错，可你是什么样子？

我心存感念，陷入沉思。早年静静的，讷于言，像梭罗；后来脱兔般，敏于行，像普里什文。现在，它们将并行。

5

一个早晨，苹果树上结出了苹果。

我用瓦罐里的水清洗它，吃掉了。我是一棵干净的青草，在丛林，在湖边。明年呢，也许我会是一棵树。越来越多的人循着这路走过来，因之而幸福。

生灵的盛宴

十年前，我从巴乌斯托夫斯基的《金蔷薇》里知道了普里什文。顺着那束光，我发现了老普足以颠覆文艺复兴时代的五大本自然史诗，太浩瀚了，我那时是埋头的海绵，九头九爪，横贯俄罗斯荒野深处的万千眼睛，我并未看到真正的普里什文。但那些懵懂的食粮，已然封存在大窖里，重读，有发酵的快感，散出冽冽的醇香。我的脸红扑扑的，像一枚正在成熟的苹果，普里什文树上结出来的。

普里什文以朴素之心说出了自然的秘密：苹果树上结出了苹果。他出离了玄妙与神奇，直击自然的内核，苹果树结苹果，是本分，是最平凡的事情，也是伟大的果实，自然原本就是这样子，万物各自悄悄生长，万物归之万物。现在的问题是，由于人过多地介入自然，苹果树上还能结果子不，它是否结出了苹果以外的其他东西，或者，我们总期待有意想不到的果实，而事实上，它就是一棵苹果树。

人是自然之母分娩的孩子，该有自然的模样，就是人样，自然会照看人类，孩子的眼睛，就是大自然的眼睛。普老是以孩子的眼睛收集他深入自然的一切，他的思想新鲜又老成，映照老子的心境："人法地，地法天，天法道，道法自然。"所以称普老为自然之父，不对，人从来不会高于自然，只能等同于自然，生生死死，有枯有荣。

说他追逐自然，其实是停下了。每一片叶子都牢记它的祖先模样，回到树上。人从旷野中来，再回到旷野深处，就是回家。其他时间都算流浪。走多远，还是在自然的掌心，所以走过的地方都是故乡，而出生地是母亲的墓园。回乡是掘开母亲的坟墓。但不是全部的故乡，所到之处都是故乡。

自然是人类最高的理想，出发，受难，破坏，最后回归，即苹果树结了苹果，人成为人，玉米还是玉米，水稻还为水稻，爱是爱，天空是天空，蓝是蓝。

重读老普，我才渐渐看到了自己，之前我的眼睛盯着别处，听命于别人的意志，总想结出别样的果子，且一直傻傻地追赶，现在我停下来了，布置我的花园，书与自然的天堂。

他发现了生存的真理，不是仁慈，而是仁慈的方式。只有自然和艺术可以拯救心灵，是神通过自然和艺术的方式广布仁慈。尊重生命。

我在想，回归自然到底为了什么，仅仅愉悦身心，可以有多种方式。真正的回归，是精神的回归，一个人要设法与自然形成关联，而这个过程的目的，就是学会仁慈。

仁慈的方式是关注力。万物生有眼睛，你仰望它，它也打量你。你看它如母，它看你就如子，你看它什么也不是，它依然看你如子。当深切地认识到这一点，对自然就不离不弃。最爱《大地的眼睛》，一个短章，一个眨眼，一个思想之果，从大地产生，又落进大地。他一旦扎进自然，就不错眼珠地盯着大地，是忠贞之仁。

万物有两性，善与恶共存。老普说："太阳不仁慈，只是炙烤，不惜生命，但大地会转过去，用自己的影子拯救了生命。"大地转身就化解了太阳的不仁，我忽然受到启发，不要怕被某人遮了光，也许那是一种保护；不要怕别人挡了路，那是要推你走上新的路。自然生了宽恕之心，善待一切与我关联的世间万物。

老普既狩猎又依恋大自然，杀戮和仁爱紧紧扣着，谜底就在大自然的深处，死树的坟墓孕育着新生，是自然的仁义。他说出"一个好人的善良品性，是在亲人的墓前种下花朵"。

第七十个春天，他发现一只在草叶上挣扎的夜蛾，翅膀不听使唤，他抛起它，它欢快地飞走了。他说，蛾子就需要一个鼓劲，像人类的贪睡者，你要懂得不是咒骂，而是往正确的方向推一下。老年的他看见少年打鸟不寒而栗，但没有横加指责，他自己年少时也一样。他只是引导他们尽快转到更理性的狩猎。这是仁慈的方式。

人和自然在斗争，成为主人，就该保护好大自然。每当看到动物沦于悲惨的境地，我总会把自己放在它的位置。自然以种子和死亡抗争。你拿什么和世界抗争？他告诉你：就是死，也要把黑麦种上。这也是仁慈的方式。

在人群中善意地笑，却不丧失自己，阴影来自人，又将落在人的身上。死亡是敌人，是黑暗本身，抗拒死亡，要用光。

　　他揭示了真实的世界之初，用比草还低的私语、比钻石更贵重的灵魂。他没有任何的功利，独自奔向旷野，带了他的狗。像陶潜，寻找没有被污染的世界，带着那朵菊。菊是陶的道具，狗是普的拐杖。它们同时也是自然的耳朵。陶是歌者，普的作品亦有永恒的音乐之美。

　　普提着猎枪在森林里奔跑，我仿佛看见在森林中同时孤独奔跑或徘徊的老贝。普老的浩瀚文字，我听来是贝多芬《第九交响曲》的几大乐章。《鸟儿不惊的地方》，第一乐章。挣脱命运给予的磨难与束缚，欢乐地寻找，发现自然。《恶老头的锁链》，自传体，第二乐章。挣脱别人的映照，发现自己，翅膀生出来，奔向自由的天空。《大自然的日历》是第三乐章，是停下来，舒缓、柔曼的日光，森林，水滴，荡漾。《人参》例外，是老贝的《第四交响曲》，低调而内秀，一朵精纯的花，平静沉稳的心灵之美。《大地的眼睛》仍是《第九交响曲》第四乐章，反复吟咏自由的自然，用各种声部乐器，所有季节张开了手臂，万物都张开了嘴，一再出现的春天，开花，滴水，汇入欢乐的河流，结尾部分，让我惊喜，正是《欢乐颂》的最后境界，恢宏，巨美，心灵的所有神经都鼓起来，聚成光束，轰然撞开旷野之门，但丁的天堂出现，天使歌唱。真正的自由与解放就是回归自然，世间最壮丽的和谐美好。

　　这扇门为普里什文打开，而他立刻把我们带进去了。普老热爱瓦格纳的音乐，而瓦格纳是老贝的铁杆崇拜者。

　　他奉献了全部的灵魂，他写窒息的低沉下的俄罗斯，我看到

210

了世界自然史的版画：海浪凝固成山，而水花在流动。水花是艺术的眼睛，是尘埃里荡漾的精神，发现道路，发现生长，并占领高山。这样，你之前经历的所有春天都融合在一起，每个春天都比从前更加丰富，花朵里有你的人生。

"在我的大自然中，我只会抒写属于自己的这份情感，我的全部文集只在揭示这一情感。我不是独自忍受三月的煎熬，这份情感孕育了人类，比之恺撒和亚历山大的伟业，更加卓绝：这就是此刻所蕴含的永恒的光辉。在这光中诞生全部的艺术，还有整个的人类。"

最后一扇门向旷野敞开

——安德烈·纪德《人间食粮》

失　眠

这讨厌的恶霸。奈何不了它，只好一笑。

抓一件绒衣盖住灯，露一豆光，看法国作家安德烈·纪德的《人间食粮》，不急不躁，跟它花前月下地美梦，等待迟迟赴约的睡意。

他问：

辗转难寐，你会做出这种或那种举动吗？

你会去那寂无一人的花园吗？

你会跑到海滩洗浴吗？

你会去采摘月光下呈灰色的橘子吗？

你会去抚慰那只狗吗？

都没有过。小的时候，害怕父母说，上学害怕同学老师和宿管，工作了怕同事说，结婚了怕老公说。睡不着的时候，瞪着窗户发呆，数数，想海滩，想破船，没有多余的屋，没有一个庭院，没有说走就走的勇气，更没有一个月光下的花园和天涯海角候着，就是出差在外，带了一件自认为好看的花衣裳，愣还是没敢穿，再想起季节已过，心情已过。活得够憋气，苍白，时光一晃就进入严酷时代。明天我不关心国家民族，不关心上课论文，不关心米面酒肉，只说青草、月光、杏花、节气，就能安心睡着了。

不知不觉睡眠哈欠到来，覆盖身体，醒时，窗已白透。

瞬　间

人生大概都会有那么一段，突然洞悟，识了烟火，青春的河流瞬间冲垮，卷着沙石烂叶，浩荡奔去。那时，以玫瑰的温存、绝妙的狂喜、滚烫的眼睛，触摸每一个碰到的东西。不眠不息，热汗淋漓。

重新发现生活之旅。"要行动，就不必考虑这行为是好是坏。要爱，就不必顾忌这爱是善是恶！"纪德的干柴烈烈暴响，没有黑夜，只有星光，潮湿的梦想，欲望带着春心随时奔逃，永远的新鲜日子，青春做伴，放歌纵酒。

快乐，在每一个瞬间破窗而来。

关键的，是你自己，非别人。

重要的，是在此时，不是以后。

这才看到了万物醒来和入睡的样子，屋顶上娴熟开放的月光，闻到无花果和夹竹桃的香气，舔吸岩石在林间滴下的蜜汁，与美妇亲切答话，她正半裸着身子汲水。自然也看到荒沟芜谷在穷乡僻壤中萧索，农夫，谷仓，草垛，牛棚，各种各样的门都打开了，谷香与苦涩味道次第涌来，跳蚤爬上衣褶，泥灰落满发际，爱情在路边伸出露珠的手，身体像枝梗消瘦而硬朗，精神像果实丰美而红润。

像春天萌发的叶子，急速在风中扩张；像婴儿睁开眼睛，对这个初世界的呓语，清澈，无邪，哭笑由得自己；像爱情中的男人，充满激情，幻想，急迫地探寻未知女人的一切。他不肯停留于一个臂弯，不要一个海岸，一个房子，只需要半只面包，半架睡眠，然后起身，出发，目光所及都是美好的事物，美好的人。

青春就是燃烧和损耗，探寻就是学习和经历，绵绵不断的激情打开水母的裙裾。生命就是把枯燥的天日，缩小成一些带有快乐标识的瞬间。"生命最小的瞬间，也比死亡更强大！"我们付出的努力艰辛，只是为了一个瞬间，能站在快乐的巅峰。这些瞬间的小雨点将构成一生独立而完整的快乐。

饥　饿

一切快乐的源泉，都是人间食粮。那些食粮在粮仓，在外面，在荒野，在不断变换的夜与昼间。

而你，还在你的城里，被禁锢，压制，被礼教赞颂着。身边是关紧的门，闭紧的窗，空中悬下的棍子和绳索。你要做的就是，开门，上路，拾花钿。

　　歌德说，欢娱是最大的美德。一个懂得寻找快乐的人，才具备美德。罪过就是遮蔽灵魂，阻碍快乐的东西。

　　虽然不知前路如何，但不出发永远吃不到鲜果和面包。对于快乐，我们一向饥肠辘辘。我们越饥饿，那食粮越丰美，闪闪发光。而饥饿不会停在路上，它时时闪现，这时粗茶淡饭更入心怀，内心的满足像夏日黎明端美庄严。

　　不需要一双手搭救，紧箍咒自然落了。不必管它是豆芽青椒，若从结果求之，必定南辕北辙。所以是一只虫蛹化蝶也好，一只蛾子也罢，只要这个过程，给灵魂长出一双翅膀，能飞。快乐的感觉，就是飞。

　　你与快乐，是一种相向相吸的过程，你在路上寻找蜂蜜，花朵在路口一一出现，杏花，槐花，枣花，紫荆。

　　把全部的温情都用上，去抚摸，一点都不能留。

　　站在旷野，可以大声疾呼了，生命，似乎亟须焕然一新。施虐的饥饿等到了雨水，荒冢长出了繁花。

窄　门

　　这是些细微的、容易得到的快乐，为什么我们没有得到，并弃之而去？

万物无不参与大自然，你怎能抛了它，独自低头行走。

要挤进去，门自己不会开大，且被许多人忽略，乍看无法进入。春光透过缝隙，门原是虚掩的，只需推一推。

这里自然有焦灼痛苦。那么跪在月下，鸟儿鸣叫，春天的树林，动情地大哭一场，一直哭到黄昏，哭到夜色把神秘降到你的身上。

最后，你应该像什么？

"老树皮从桉树高高的枝丫上脱落，已然丧失了保护作用，犹如天气转暖脱掉的厚衣服，又像我那过了冬天就没价值的陈旧道德。"

占 有

快乐不是你占有什么，任何占有都是放弃得更多。是行为思想的约束。如果自由是代表快乐。那对什么都要只是喜欢，不试图占有。

喝了水，杯子就空了。

占有，就是选择，你的生活迹象。你改了选择，必会影响别人，你真的不是一粒微尘。你的走与留，也会有一小阵风，引起微乱。

切莫事先为自己准备快乐。事先的准备，就是占有的欲望。就是备着结果而去，快乐必会打折，且必要耗费你的更加宝贵的东西。

权力，财富，生命，一个比一个脆弱。用最脆弱的生命去夺取强大，损失的是什么？

春 天

那个春天，你在这里，前一年春天，你在这里，今年的春天你还在这里。

我宁可听见你说，你在佛罗伦萨与朋友谈天文学，在莫高窟写生，在雪山对着红色的经幡高喊，在花园小角门倒掉鞋子里的土，我宁愿在你的身上摸到雨水，霜雪，阳光味，闻到大地的气息，田野盛开的鲜花，河面上的晨雾，牧场上的暮霭的踪迹。

我宁可看到你，对着一个在深夜学习的苦孩子，萌生强烈的愿望，带那孩子去流浪。

黄昏散步，夜晚散步。为什么不是你散步？去尝试触摸陌生的快感，尝试鱼类和植物的生存方式。

去赞美一切新鲜事物。石头在水里好看，就不要把它捞出来。

去尝有源头的水。天上落下的水，山间飞下的水，大河奔流的水，水眼冒出的水，石缝滴下的水，深井里的水，冰化成的水，雪化成的水，露珠聚集的水，荷叶上的，草尖上的，瓦檐上的，树枝上的，杏花上的，触摸并且喝它，品尝其中的快乐。

最好的水，是从地下滤出的水，像穿过水晶，清淡得像空气，近乎无存，恰似深藏不露的美德。你没在野外露宿，养一身跳蚤的乐趣，那种野性和骤然获得的滋味。那时的幸福，"赛似荒冢的繁花"。

清　心

激情欲望的背后，是简单。人该生在生活里。

快乐不一定只是感觉的愉悦，也因怜悯悲伤而舒心。

你必然会超越年龄，修改世俗，必会招致谩骂，指点，或是孤立。旷野在上，它们就一定被踩在脚下。

美好的旅程在路上，最好的食粮，当然在旷野。

这个旷野有两个：门外青山，书间幽谷。

唯有少数人才通晓，且过了那道窄门。世间开阔苍茫。

蒙田夜访绿村庄

　　时值春天，夜幕降临时，打东边走来一位老人，宽袍绣带，脑门闪亮。有位教书先生认出他来。此人乃是四百年前的法国新贵，守着一个叫蒙田的城堡闭门读书二十余年，写了几本册子《蒙田随笔》，本属随心插柳，却人人惊为知己，遂以"蒙田"为名漫游世界。

　　他坐在村头树墩子上，女人立刻送上一碗清凉的泉水。许多人围过来，要聆听先生见闻。他温和又谦逊："如果要把时间花在如此浅薄没有意义的人身上，实在是不智之举。但我愿意分享你们的故事。"

　　一个披着开花棉被，业已在村庄消失多年的疯癫男人哭得伤心极了：我生性木讷，但我是个好木匠，会盖房子，从不欺人。可是媳妇被一个恶霸强暴，又把我打到昏死，醒来就疯了。我打媳妇，拆房子，摔孩子，砸个精光后，一个人拿着打狗棒走了。我弄不明白，为什么我不去砸恶霸的家，反而毁了自己？

蒙田叹道：人找不到真对象，就会迁怒于假对象，狂怒的野兽也会因为疼痛把愤怒发泄在自己的身上。

我在一旁听得惊骇。我惦记二十多年一直迷惑的事件，终于知晓了根底。疯子的惨烈行径，其实是一场逃避与抗争。那座房子里有不堪的记忆，潜意识里也想彻底消灭。我们愤怒的时候也类于疯子，没有对错，以为自己就是拿破仑，驱动千军万马，伤害最亲近的人。

一个年轻男人呜咽更重。那人幸运啊，他疯了，不再承受痛苦，我为什么不疯。我在外打工，老婆也遭遇畜生欺凌，我去和恶人打架，反被打得肋骨断裂，那恶少竟当我的面凌辱我老婆，我挥刀哐哐剁呀，可我只是剁向菜板，给恶少炖肉上酒，不然全家都没命。我忍了胯下之辱，但我的创伤怎么能平复。大家骂我窝囊，该与畜生拼死。我鄙视自己。

蒙田宽容地触摸他：一个人能面对敌人的利剑英勇不屈，却在医生的手术刀下浑身发抖；能坚强地面对贫穷，面对卑鄙无耻的行为时却表现得软弱无力。说的都是行为而不是人。

年轻人拉着老婆的手走了，一处房子亮起灯盏，那儿还叫家。活着是明智的。他们承受住了深重的痛苦，已是不乏勇气，越过波涛滚滚的怒海，内心会趋于平静。我知道恶少后来遇了车祸生不如死。

一个老人拄棍而来，沉重压得他抬不起头来：我一生吃大苦受大累，把一群儿女养大盖房说媳妇，谁都夸我能耐。老伴没了，就想再找个，儿女死活不许。按说我就该安生等死，可是心上还是有猫抓挠，上蹿下跳地折腾，告孩子不孝，装病屋拉屋尿，甚至酒醉了去敲寡妇大门，遭到所有人唾弃。我羞愧，人老了为什么心不衰？

蒙田摇了摇头：欲望（和感情）比生命长。真不公平，原谅青年人寻欢作乐，却禁止老年人追求享受。

这个世道似乎还是老年艰难，生命赋予人能力，同时降下悲哀。人不能像动物，痛苦便产生了。还是要三思而后行，才能确保晚年美好。

一个女人忧心忡忡说：种地现在都用除草剂了，一个人种几十亩地飘轻。可是不能满地挖野菜了，苦菜当年养活土宝钏一十八年，王孙公子千千万，彩球单打薛平郎。以后再不会有这样的戏文了。可是你不去打药，地都生了虫草，还是没的吃，只好随波逐流。

她的苦恼也正是我的担忧，土地现在不长杂草，将来长不出五谷，那么多人守着死土哭泣，万物不生，多么可怕。

蒙田望着远方：有人得益必有人受损。

急功近利会毁掉一切，但是谁能阻止它的脚步？

一个小男孩钻出来：爷爷，我家大猫会抓鸟，鸟会飞怎么就让猫给吃了？

蒙田蹲下来，笑了：有人也看见我家的猫窥视着停在树上的一只小鸟，后来它们紧紧地对视，最后小鸟像死了一样掉在猫爪前面。或者是猫的眼睛有着某种强大的吸引力，或者是小鸟被它自己的想象力吓坏了。想象力会射出利箭伤人。

蛇遇见打蛇的就麻爪，大侠眼睛能杀人，都是想象力吓死的。

男孩欢快地走了，说要与伙伴练习对视，说老打不过他，现在用脑不用力了。

夜幕突然撤了，天空像翠雀花一样蓝。蒙田站起来对我伸出手：在你的意念下我来了，我知道你也有苦恼，记住，季节的变化首先影响了制酒的葡萄，也使葡萄酒在地窖里变得越来越香醇。

他沿着河流的方向走远了。

深宅湿冷的小屋，《蒙田随笔》像个火盆，搓着手烤火，让我想起许多乡间的事，想不通的被他一句轻轻点拨，开悟一般，内心舒坦不肯放下。正此时又遇蒙田的话：一个人需要用火，他看见邻居家一个大火盆温暖极了，便待在那里取暖，却把取火回家的事给忘了。

蒙田真是个好老头。我得起身了，当然，怀揣着它。

读书人的花黄

　　女友家几乎不开电视，长夜就看《水浒传》。那得看十几遍了吧？她眼睛一挑："是上百遍！"五指一拍桌子："小二，切三斤牛肉，打四角酒来！"一辈子读《红楼》算啥稀奇，一百单八条好汉捻它百十回合，才了不起。

　　回头再琢磨她的音色行事，细柔不失凌厉，妩媚透出侠气，忙时楼道里疾行，长发乱飞，以为彪悍二娘，可叱咤酒色江湖，而她分明是栏外静立的芙蓉，一杯啤酒也双颊红遍，层林尽染。但朋友有事立马两胁插翅膀扑棱棱飞。一日，QQ上闪出熟人的头像，请求垫交两百块话费。得嘞，支付。朋友又说，再存二百。这厢疑惑，电话过去。你道怎的？朋友被盗号了。然她仍是碧涛千顷，但有良朋遭遇赤日炎炎，二话不说，奉上一担冰酒枣子大唉，莫提蒙汗药。

　　只读《水浒》的女人，还会继续读《水浒》，洒脱淡定率真，有英雄情结，那是她的花黄。

花黄，古代女子贴额上，花鸟鱼点，妩媚，娴雅，野性，但一揭掉，韵味就散了，花钿委地无人收更是凄凉。而读书人的花黄则是长出来的，江山万里一寸寸拔的节，亦是他的精神，都贵气，年纪越大越见其美，揭不掉，装不来，亦随读不同的书籍而形色纷呈。

一男好读，单位图书馆尚无书架，好书一堆堆蒙尘大梦，他穿长衣挎大包去翻看，走时必左牵黄右擎苍，猎上三五只好羊，洒家带你们吃草去！日久，竟脆生生站了他家一书架，咩声如浪，小欢喜。有歪才，回家搞三产，一面割草养兔放猪，一面呷着扁二花丛溪边读史哲传记，天光云影香草石凉都嵌入大脑门了，那个亮闪闪。有钱不鼓捣房车，只藏好书好酒好石头，再有钱，还是好书好酒好石头。进门长长大客厅，都是书的花枝巷，好酒好石头都做读书的佐料，大舒服。有一点野，一点糙，慵懒而狂放，但你能听到不同的声音。

大客厅当书房是不羁也是霸气，满屋子的春秋野史山河无限，一介渡客，外面千重浪，心里浪千重，他的花黄。

那日赴宴，我穿了身绿绸裙，类于翠色冰种飘花，一热河街的老牌才子说，这质地这色彩像极了"缭绫"。人俱愣，字及意思都不大懂。他即刻背诵："缭绫缭绫何所似？不似罗绡与纨绮；应似天台山上明月前，四十五尺瀑布泉。织为云外秋雁行，染作江南春水色。"白居易的诗迷死个人，恰如一支烛台端进了盛唐深处。缭绫是唐代贡品，织一匹缭绫的时间能织十匹普通绸缎，清时绝迹，这样僻冷的衣料张口即诵，不是博读哪能知道。他解一人一物的来历，能刨出祖宗三代，那是种注意力，老读书人才有的。家里先后三个老婆来了去了，仍是四根棍儿，自己打食儿。"我那屋养鸟养书，养不住人儿，后半生就跟书妖过了。"又说坊间话："别看不起书也别太看重书，心里龌龊再读也是屁味，心里干净文盲也慈祥，找且！"真是读明白了，印堂红紫，他的花黄。

书和读书人都是一盏灯，照见书里书外时间之帐，我愿意倾听。纯粹的蜗居书斋，拒绝人声入侵，日子就是一张扁扁的纸，纸摞得再厚，纸上无山水，无诗酒兄弟，仍是薄的，久了会疏懒畏缩，不知深浅，有累积无沉淀，有得无道行。

有书房，但世界在外面。有喧嚣有孤独，我与世间就要这样的友谊，你看见我，就知道我的花黄。

散步的书

离家十五里，它们睁开眼。我是个风尘仆仆的剑客，它们就是杏帘在望、温酒的女菩萨。出门带书，和选衣服一样重要，很费踌躇。精装厚本的皇后版带不动，俏皮聪慧的软装爱妃们，如昆曲如黄梅如提琴，是首选。渐行渐远，心灵松开，有许多缝隙，这时的读书，是更深更密的滋养，你不知在哪一段路上，哪一本书会颠覆你的世界观。

从承德到京四小时火车，同座两个女人整整高谈阔论传销产品一路，我听得恶心，而她们口角呛沫至破皮出血，竟连喝一口水的时间都不肯留。我只能用《低吟的荒野》对抗蛙鸣，忍把噪声换作了淙淙流水。

下午四点从京回承德，夜间一点的票。昏黄，暑热，买了莫言的《生死疲劳》，文字奇妙地掸去异味和困倦。椅子上下蜷缩着各样疲惫的身体，累趴下的驴牛马猪，六道轮回活到人这份上，才会读书记录，不容易。我抱着书，仿佛抱着文明的杯盏。

去西藏，茫茫天路，手边活跃着《日瓦戈医生》。一男孩说，阿姨，你除了看窗外就是看书，也不说话。我不清高，是书让我安静，也多了分辨力。我更愿意和书散步，我就是日瓦戈，就是拉拉，在恋爱，在迷失，在对抗。她发上有花，我觉出香味，她被爱着，我亦粉面桃花。但我的眼里依然有荒原、雪山、溪水，赶着牛羊叩拜的女人。

飞机因雪延迟两小时，我买了梭罗的《带自己回家》，一帧散步，美得连绵起伏。在外地等姑娘艺考，亏了老头蒙田心思缜密的安慰。出去学习一月，豪华的夜晚读厚厚的两册《金枝》。去国家大剧院听歌剧，浩荡的人群，唯我在中场休息逛书店买书，内心澎湃着恢宏的交响。

震撼的还是茨威格。去黄骅的旅途看《人类群星闪耀时》，我觉出心灵狂飞。他愣是划一支长篙，穿越海洋尽头，搜寻到英雄呼啸的人生。他的语言是蜂王蚁后；是春种一粒粟，秋收万颗子；是水漫金山，什么都浮起来，水还在涨；是思索力想象力滔滔奔泻，千朵万朵压枝低。我意识到，车上经过的这个长夜，是累积着我自己的将来，某一特殊的时刻，我作为一个分子，也在累积着别人甚至社会某一时刻辉煌的到来。

春节回老家，我断定，只有茨威格能陪我猴年跨岁。炮声连绵，猴王端坐膝盖，拔下一撮猴毛，幻化万千。他深入尼采的孤独之髓，抓取大智慧的胚芽，每一棵玉米独自结着穗，每个豆粒独自地饱满。他用温柔的刀刺骨的剑春风的手指激荡的心奔涌的血，敲孤独者磊磊的洞壁，真理凉凉地浸出来。

喝了酒再看茨威格，他是我的小爷爷，平时也斯文得可以，一旦大酒，就成神了，奢华，豪迈，环佩叮当，香气馥郁，大啖小酌，修复我受损的细胞。

散步的书，是行走的世界，它们多像深藏夜空而怀有星辰的女人，带着旷野的花香，面孔超然而慈祥。

乡间阅微

1

钱塘俞君祺，月下遥见一人倚树而立，欲去聊聊打发长夜，隔十余步远，竟冉冉没，怅然作《野泊不寐》：

芦荻荒寒野水平，四围唧唧夜虫声。

长眠人亦眠难稳，独倚枯松看月明。

倚树的是人是鬼？比寒山寺的夜半钟声还要奇寒夺魄。也是月下，我与老妈都趴炕上被窝里，辗转不睡，她仰头看电视剧，铿锵的《打渔杀家》，我琢磨《阅微草堂笔记》，纸窗透出皎月树影来。

穴纸窥视，月光在牖。

一夕月明，推窗四望，见艳女立树下。

《阅微笔记》多见此类魅语，极简至美，拍案激赏，犹在乡间犹在月下犹有纸窗树影，读这书更具魅性。愈睡不着愈想起夜，披衣门外，见大月当空，瓦屋柴门，疏篱短墙，老树枯圈，风微叶摇，虫声若隐，正可作书中幻想，盼有绝句，或绝色女子冉冉来，只不敢往那老杏树下站。想起另一则废宅墙壁的题诗：谯楼鼓动人去后，回风袅袅吹女萝。夜深踏遍阶下月，可怜罗袜终无痕。亦不知人语鬼语。我家房子紧靠后梁，常有不明动物和声音悄然潜进院子，时值六月，正是树上王干哥欢叫时候，夜猫子也即猫头鹰，有时夜间啼叫，如人大笑，万籁之梦，突听此啸，实为骇也。《阅微》言，其鬼大笑，音磔磔如枭鸟，十分瘆人。后背突凉，赶紧回屋闩门，让灯亮一会儿。

忽想笑，今人居闹市，昼有玻光，夜则霓虹，无黑，无烛，无纸窗，雾霾深重，无皎月倾泻幽僻小径，无山野嘤嘤之声摩挲树影危墙，竟于重帘斗室遥想女妖魅惑旦夕而至，全是瞎扯。"见丽女独步菜畦间，手执野花，顾生一笑。"这可爱情景唯乡野村居才比比皆是。而今所谓贵人权钱在手，自有成堆庸女腰缠，贪了再贪，腐了再腐，哪有时间读书立身，造福黎民。蠢物们不过是扁而臭的虱虫，已经烂到骨头里无法剜肉医治，只合地狱炼一炼阴魂，乡间狐魅个个慧心灵性，才不屑绕道勾上一眼，不小心撞见，也要捂鼻躲之。

《聊斋》里狐魅多有上好的名字，青凤，小倩，小家碧玉的情情爱爱多，而《阅微笔记》里一狐一鬼一女，多无名，是更底

230

层的众生相，更辽阔的救风尘。纪老师十年苦心著一千两百多则奇诡故事，或揭露黑暗，或理喻后人，岂能只是茶余饭后漱口消闲之用，在清文字狱窒息下，借得狐鬼自由叱咤，求的是真善美大世界。纪昀远未被认识与开发，不是蒲松龄编造，袁枚的道听，是草船借箭，须弥于芥子。

2

我在房檐下，对着一丛壮硕蜀葵花读"笔记"，花是突然长出来的。

老院空了几年，草横花发，四处都是惊讶的眼睛和逃跑的声音。忽见檐下，乱蒿拥数株壮丽花朵，冠如大碗，艳若牡丹，须尖上打了无数骨朵，已蹿上瓦沿。细看是蜀葵，但我乡邻家遍开者俱是浅粉单片。花妖光顾？大风刮来的，我妈断定。来年盛夏，院子角角落落站满了艳影，有个梳髻的奶奶立花前久久看，要花籽。她是种花高手，经年不见的村花，都在她家篱院闹妖似的开，但她种此花却寻常，不气馁，来年再种，仍不是此花。

《阅微》里亦有此奇事。说"大学士温公家，阶前虞美人一丛忽变色，瓣深红如丹砂，心则浓绿如鹦鹉，映日灼灼有光，似金星隐耀，虽画工设色不能及。余以彩线系花梗，秋收其子，次岁种之，仍常花耳。方知此花为瑞兆"。

我想着那奶奶和善的面孔，何以爱花至柔，一旦对着她失了母亲的孙子就刻薄如巫，谩骂是小，饿上一天关小黑屋是常事，为着一根雪糕而打断烧火棍，还不许哭叫，几死。一次刚要追打孩子，脚下一滑摔个大屁蹲，竟是骶骨裂缝三月不能起。才下地，恶习如故。追孩子跨墙头，生生将叉开的股根死命嵌在石头峰上，说阴户两只帮子肿如大红萝卜，动一动死命号叫，逾月方能走路。仍不悟，养一窝肥鸡，过年孩子想吃肉，又奉上一顿好揍，那么寸，夜间就来个贼子连窝端掉，那奶婆一口气没上来，抛下百枝千朵去了。

这到底谁使的动静？恐怕是孩子去世的母亲放心不下，屡次告诫吧。人不如狐鬼，《阅微》里说，有夫妇相继去世，遗一子周岁，兄嫂不顾，几饿死，忽见一少妇推门而入，说不如付我，尚可觅一活处，抱儿自去。这少妇原是其弟在时宠爱的狐女。

至此明了，好花择地，如良鸟择树，木魅花妖概有洁癖，怎可去污浊之地安家？我父行医，为善一方，故有瑞花争来投奔。我当学父，以己之微，向善而行。如人人为善，则乡野城市瑞花千芳，臭邪之味遁地消解了。

3

时盛夏，坐枣树底下看书。老鸡窝上铺的红瓦，垂着才转黄的杏子与新开的枣花。"庭有枣树，百年以外物也。每月明之夜，辄见斜柯上一红衣女子垂足坐，翘首向月，殊不顾人。"幸好白天读，不生惧心。

继续，"画士张无念，寓京师樱桃斜街"，这名字诱人。"书斋以巨幅阔纸为窗帧，不著一棂，取其明也。"实在阔，找事。
"每月明之夕，必有一女子全影在帧心。"招来了。"一晚谛视，
觉体态生动，宛然入画，戏以笔四围钩之，自是不复见，而墙头
时有一女子露面下窥。"悟了，此鬼欲写照。"与语不应，注视之，
亦不羞避。"深想下，月光冷墙支个粉脸，有多美就有多瘆人。
但两者俱天真无邪，只为艺术，难得风清月朗，人鬼无欺。

下面几则就是因生染心而受惩罚了。

"一书生日暮独步田间，遥见女子躲入秫田，疑似荡妇幽会，
追过去，静寂无踪，归而发大热。"偷窥病吗？虽无邪心，总是
多事，幸好是个饿鬼，见生有禄相，不忍害之，潜没草间。也有
鬼以诗嘲弄的。"书生夜遇女，挑之，不见，忽一瓦击落其帽，
次日见窗纸赋一诗：深院满枝花，只应蝴蝶采；嘤嘤草下虫，尔
有蓬蒿在。"对书生鄙薄行为无情讽刺，然小诗风致楚楚，尤见
慧心，是个伶俐鬼。

然万物形色声气诱惑不浅，凡人总得用上几十年工夫抑制，
僧人也难做到五蕴皆空。一僧见游女踏青，动念，恰有少妇与其
软语对视，邀夜间会，僧去，"果荧荧一灯，相距不半里，穿林
渡涧随之以行终不能及。或隐或现，倏左倏右，辗转奔腾，困不
能行，卧老树下，天晓谛观，仍在故处，林中苍藓绿莎，履痕重
叠，原来一夜如牛旋转磨。自知心动生魔，赶紧忏悔"。可见染
心这个魔头十分顽固，无孔不入，要时常忏悔，练就金刚不坏之
身，使蚊蚋不近，邪气远离。

狐善诗，善画者极少。有周士在寓所东壁画松，邀众友赏，
松下忽现一《秘戏图》，正是周士与妻妾裸拥之态。丢大丑了。

原是狐戏弄，周置酒款待，狐方教导："君太聪明，故往往以气凌物，此非养德之道，亦非全身之道也。"周俯首而听，再看东壁之松，净如洗也。"次日，东壁忽见设色桃花数枝，衬以青苔碧草。花不甚密，有已开者，有半开者，有已落者，有落未至地随风飞舞者八九片，反侧横斜，抛如飘动，尤非笔墨所能动。题诗：芳草无行径，空山正落花。"

这些狐，内外兼修，周士彻底服了，我也服了。想今日美人遍地英雄无迹实在堪忧，学一学狐朋鬼友，去染心骄心，养浩然天真之德气，也是一修行之道。

4

灶上住了烟，枣树下摆了小榆木桌子，一碟芥丝，一碟黄瓜，两碗红豆粥，桌下蚂蚁三四只，黄花地丁二枚，燕子翼一朵，淡嚼闲谈，黄昏就下来了。老瓦屋檐搭着高粱处，悠然垂下硕大老蜘蛛，随香魂鬼才缩扁了身子，入那《阅微笔记》了。

我妈看我读狐入迷，也说个村庄怪事。说某爷夜里刚睡下，屋门洞大，两个白衣女人悠然闪进，飘飘下跪："近期有难，望爷救命，切记！"逶迤遁地而去。连三日复有此梦，某爷觉出蹊跷，只不当事。隔日翻修锅灶，砍开旧土坯，赫然两条白蛇盘踞，不安地圈紧。某爷抓蛇打狼钻坟地半夜住空屋子背吊死鬼，水深火热浑不怕的，牛眼一抡操刀砍将下去，如拍两根黄瓜，蛇还挣扎，早刺啦啦剥皮开膛晶爽爽的大肉条，甩给某奶，一并炖着下酒了。之后满村邪吹去。

好端端地，某爷突然腿脚绊起架来，身段佝偻，全身骨节都在弯曲，疼得四处撞墙，说是缩骨病，日夜哀号，溃不成爷。有时突然曲爬到炕沿，探出大脑壳，苍哑地哼道："喝水。"某奶惊以为大蛇。待某爷头脚环在一处，成完整的句号，就龇牙瞪眼找阎王爷论道去了。某奶很快远嫁，以六十高龄大红大绿逃离了村庄。我知那房院，自此深草没窠，夜晚窸窣之声不绝，白天亦有长虫当门晒太阳，甚怖。

《阅微笔记》多有此类不善待动物的故事。"某夫人喜食猫，得猫则先贮石灰于罂，投猫于内，而灌以沸汤，猫为灰气所蚀，毛尽脱落，不烦捋治，血尽归于脏腑，肉白莹如玉。云味胜鸡雏十倍。"偶有一次此种吃法都不可饶恕，而那巫女日日张网捕杀，猫哪有九条命，盼能变作九九八十一只利爪，一条一条挠碎这毒妇而后快。那毒妇终得大病，呦呦作猫声而死。

又一屠驴者更灭绝人性。"凿地为堑，置板其上，四角有孔，陷驴足其中，有买肉者，随买多少，以壶注沸汤沃驴身，使毛脱肉熟，乃夸而取之。云必如是脆美。越一两日，肉尽乃死，钳其口不能作者，驴目光怒突，炯炯如两炬。"屠夫后来全身溃烂，状如所屠之驴，割肉之痛不绝，哀号四五十日乃死。临终醒悟，嘱儿子再不要以此为生，仍至断子绝孙。

看那凶恶吃相，骇极而恨，自是报应不爽，可是那些以此法吃驴肉的人，就该逃脱惩罚吗？更可恶的是人的嘴、人的妄念。猴脑、熊胆、鹅肝、鱼子酱、貂衣皮草，甚至荒年的"菜人"，甚至大神大巫乱权草菅人命，说不完的被屈辱被损害……齿亡唇寒，要念多少阿弥陀佛才能让恶行住，恶念灭。

我相信母体圣洁，肉身无罪，因生染心，被一些饕餮鬼怪上了身，控了魂。纪老师说，"青苗被野时，每夜田垄间，有物不辨头足，倒掷而行，筑地噔噔如杵声。……此神一出，诸鬼各归其所，不敢散游于野矣。"我盼四季青苗在野，此神常在，世间各安。

可是如今大片耕地被占领，青苗自身难保，苗神又往何处安？草木的村庄迅速枯萎，荒坟野径不存，纪公笔下刚正慧心的狐鬼又何以为生何以为现？大烟袋锅子要当当敲向哪个祸国殃民的脑壳？

还林于山，还村庄于旷野，还耕地于黎民，还灵魂于头脑。就先发出这个声音吧。

苏青的烟火人间

我们都是寂寞惯了的女人。后来苏青是茶壶煮饺子，只发呆。

之前，苏青一小时能说出半生的话。说得万紫千红，云蒸霞蔚，蜂蝶纷纷过墙去。那样一个俊美的人，指尖与琴弦碰出密集的雨，对，是骤雨打新荷，很清脆，很惹火，对面的人要像水，不停地承接，大幅度地涟漪，涟漪。

不说就写。文字当口，滔滔奔流出去，大禹挡不住，李冰没奈何，眼睛长茧子直呼"罢了"。所以苏青倒像灶上的一把火，点燃了轰轰烧个旺，成灰也不停下。她不可能像一片云，婉转地点缀别人家的柳梢月下。

苏青惨淡了。男人喜欢她，却怕那张嘴。吃喝玩乐有你真灿烂，回家热炕上却是拉住别人的手。离婚的苏青好像张爱玲《连环套》里的霓喜，有一堆孩子的妙可的人，男人总是一见即喜，但都以她为过渡。霓喜是个皮球，一次次地被抛弃，反弹着更高，但最后重重地跌下来，不停地跌，跌，滚入泥圈里，扑哧散了气。

许多不俗的人，都有着更为俗常的命运，可怜书香里的苏青。

但她还是名垂青史了。长得悦目，说得悦耳，写得悦心。

她说女人说得风声雨声，不留情面："美人见着帝王要眼红，见着卿相也要眼红。"是女人当然想要嫁得贵婿，够不着帝王，够不着卿相，也要个之乎者也的秀才，什么也够不着，只好叹息薄命。不给自己台阶下，她从来不留台阶，牙齿伶俐到刻薄，话尖自生着三分狠。

说起男人必一锥子扎出血来，就是让你疼让你撕破衣服露出一身的小来。苏青的狠，是男人逼的。短暂的婚姻，不忠又不负责任的男人，一堆孩子，不拼命咋着。低头忍耐不是本姑奶奶的性格，没有男人照样活得风声雨声。

而她是想依赖男人的。找了一通，苏青又有一电车的心酸，半个城池的醋味。我想起老舍的《月牙儿》，冰清玉洁的女孩，实在饿，走上街头站呀等，男人却也冰清玉洁地待她。一场电影，一支雪糕，谈不完的诗文艺术，到底肚子还是叫，没奈何，当了妓女。妓女可以直接要面包要钱，理所当然的，少一毛也不行。所以苏青说："女人一半是假正经，一半是假不正经。"这话实在不能算刻薄，是女人难为的极致。苏青是否羡慕秦淮八艳，有才有色有男人倾慕，五陵年少争缠头，还有大学士盖好大房子如是我闻地接着，还能风流传世。她说："假如我根本没有受过什么教育，也许反要比现在幸福得多了。"骨子里的要强，所以她能奋起来与命运斗，不会也不能堕落。

幸而她是爽利的性情，这才没被压成病恹恹的黛玉，而是湘云的憨直，热辣辣活着自己。《结婚十年》就不用顾忌什么，没有男人在后院要自尊要面子拖后腿，尽可以用敏感质感的词，一步到位，口无遮拦。她在乡下与一些村妇学的高声说话，乡村叫狗肚子藏不住二两油，在文学上则叫深刻揭露血淋淋。这个明眸皓齿的辣妹子。

她也有软软的时候。她的《小天使》像极三毛的手笔，小天使拉屎尿在地上，她清晨迷蒙踏过去，"一脚踩在湿乎乎的东西上"。语言太实在，太现场感，我的脚心都湿了黏了。她在《烫发》里描述的家景暖烘烘，她与丈夫、母亲，围绕小女儿的烫发事件展开热情的争斗，那日子怎么看也是幸福，只是一闪就过去了，再也没回来过。

所以苏青只能算是块石头，溪水里的顽石，越洗越清灵，也越硬。你不用挑开面纱，美人面庞自如月，隐约是一只玉兔捣药的艰辛。

她甘心付出饱满多汁的爱情，希冀渺茫，绕树三匝无枝可依；编剧《屈原》《宝玉与黛玉》获得巨大成功，没有一个亲人捧场分享；受迫害致病与儿子摆地摊凄惶度日；三个女儿都远走他乡俱不在前；要一本自己的书也是百转千回，伊人能不憔悴？

她的葡萄一粒粒坠落了，无人接得住也无人去接。但你打开文字，呱呱叫的鸟从来不曾寂寞。就快过年了，柜上没有钱，她推了一车《结婚十年》跑大街上叫卖。风风火火呀风风火火。

红了樱桃，绿了芭蕉

> 古人有言，扫地焚香，清福已具。其有福者，佐以
> 读书，其无福者，便生他想。
>
> ——《聪训斋语》

我的阅读生活应该从读儿歌时算起。桂儿的妈妈从城里带回一本有插图的儿歌书，待她开心的时候才拿出来，我们坐在柴门边的石阶上拿腔作调大声朗读。一树樱花开得正灿烂，小蝴蝶都要惊飞了。之所以大声读，是想对邻家的妞妞显摆一下，果然英妞妞跑出来，蹭到我们面前羡慕地听，像有一块糖那么甜她吃不到。我们得意扬扬啊，不理睬，继续一首首念下去。她蹲下恳切地求：我跟你们一起念好不？她的眼睛真的像黑葡萄，可是像糖也不行。桂儿一昂头：我妈从城里买的，看坏了赔得起吗？

樱花落了又结樱桃，我们还在比，看谁记得又快读着又好听，渴了便一粒粒摘樱桃吃。石阶旁边的狗尿苔无数次长起又消

失，有儿歌读的夏天很快过去。

没有人给我这个三丫头片子弄什么书来，但我很快发现一个新大陆。去哥姐的书箱里找语文书。于是少年闰土的苦难和他苦难的孩子们，百合花一样的新媳妇和她的百合花被，带来新鲜又善良的气息。看了鲁迅的百草园，想我的乡间处处皆是虫仔儿聚会的热闹，只缺个几味书屋。都看完了，便盼着新学期，在一堆书香里先挑语文书过够瘾。小小时候就把初高中的语文精华先领教了，还算得一只灵禽。

那样的读书岁月，是童年天上的星星，一直闪耀在以后的夜空，那种欣喜的感觉恰如诗词里最艳的两句：红了樱桃，绿了芭蕉。

《新儿女英雄传》开始流行了。我在河边的石头上卖弄地翻看，洗衣的婶子说念一段吧，这正中下怀，下地回来洗锄头的男人也坐下来听，我骄傲啊。邻家小二哥背着手踱过来有板有眼赞道：好书，开头就是牛大水都二十三岁了，还没娶上媳妇。他记得那般清楚，这也是我至今不能忘记这部小说的缘由。好多书开始都是浓重的背景介绍，两三页后才找到主人公。这书当然是新颖轻松的。

一次看入迷，蹲在灶前烧火半天忘了填柴，母亲提醒一句就填满满一灶，火势烘烘要烧到高粱秆钉的锅盖，母亲忙着切菜，闻到煳味，一笤帚疙瘩横过来，劈手夺过书扔进灶膛，骂道：死丫蛋子，说你不听，烧成灰你看。火苗蹿起舔舐着精彩故事，我赶紧抢起掘火把（带榔头的烧火棍）把书抢救出来，四边已黑残了。踩灭火战兢兢藏到小屋炕席下面。饭后刷完一锅碗筷，躲在柴门前晚霞的余光里依旧看。书纸脆得要裂，缺字的地方只好连猜带蒙，一边恨恨地怨着，一边搓着染黑的手。

《卖炭翁》里有"两鬓苍苍十指黑"句，我以为是说的读书人。天寒白屋贫，但有几文钱，不去沽酒而手不释卷，图的是书间明月，纸上春风。突然有一天，便可能在春风明月中脱胎换骨。

姐不给我看线装《红楼梦》，竖排老字四本集的。我自有办法，但等她们上学或上山时大肆浏览，我明白姐大概怕让恋爱情节和性爱描写污染了少女。其实我早看过越剧《红楼梦》了，宝玉是女人演来，心下对宝玉没甚喜欢。宝钗、黛玉则从少年起就是我的精神偶像，时常描小人儿就画心中的黛玉。王熙凤不过是村头动辄柳眉倒竖撒泼闹事的坐地炮李三娘，众多女儿家权当穿墙而过的蝴蝶，呼啦啦没影了。林姑娘去了，宝玉做和尚，后半部《红楼》没了油盐酱醋。也只囫囵念了前两册。少年事飘然来去，放眼周围，似找不出一个可趣之人。遂觉孤独，挎了筐拿上大葱一根、馍馍半块，去山上挖野菜了。

而后来，同学个个都是七侠五义，创业打工盖房说媳妇儿，日子风生水起，钱物满庄。我充其量是个勤奋的花匠，打打杈修修枝，桃花李花结苞开好为意足。书则细水长流地总有的读。有本书叫《嗜书瘾君子》，说是读书买书如同患病不可治，如同中毒不可戒，以致精神恍惚，死去活来，欲开方抓药。药还是书。虽不曾如此要命，睡前的一盏灯火必须醮着文字入梦。

少年时去姐姐的高中宿舍，大屋空空的，唯一瘦弱女孩长发披散捧一本书安静地读，日头透过蒙尘的小玻璃窗投在膝上的花被，静白的脸有阳光的剪影。长头发刚洗过，我闻见水湿的花气。女人，湿发，书，一缕阳光，深刻极了。我上大学才算圆了那样一个读书画面：洗澡后散着湿漉漉水发，倚着床头读书，有书香和体香。渐渐也就入道了，读书最好处是让人安静，继而心静，于性情是一种细细的调养。

书太贵气。做教师后有八年时间因课少一直泡在学校的图书馆。阅读是最开心又不用花钱的美事了。常常在几十个书架间逛荡，手布满灰渍。这像是我独自的富有的园子，樱花又开，夏天正来，蝴蝶放肆啄饮女主人的绸衣和发梢。忽觉后背阴冷，日头斜过去了，差点被锁在园子里，与书仙书鬼夜寐。

这样的读书况味，仿佛可以回到年少的夏天。午后热浪袭人，人家都在大炕上睡觉，窗外有满满的蝉声，我读玛格丽特·杜拉斯薄薄的《琴声如诉》。以至于我后来只要读书上瘾，总能听得到热浪滋涌，蝉声嘶鸣，夹杂着隐隐的琴声，和琴声外时而飘来的木兰花气。

我有成堆的《中篇小说选刊》《小说月报》，还有重量级的《十月》《收获》。缘于有一好邻居姐姐，她有小镇的亲戚定期抱来一堆小说杂志，我得以吞吃了近水之月。更迷恋《玉娇龙》，大漠的苍凉夜下，女人和男人篝火边哭泣或笑，之后二人又是打马长离。怅然若失。放下书，下午的时光已过半。该去玉米地摘豆角准备晚饭了。

那些书又无非是闲书，但天长日久却也能积蓄一种力量。像蚕吃桑叶，喊喊喳喳，吃过日光吃过夜色吃得有味道有韵律，吃到自己身洁体白透亮。有一天可以缫丝织布做衣，那种锦绣的微凉，让日子美轮美奂。

黄山谷语：人不读书，则尘俗生其间，照镜则面目可憎，对人则语言无味。我之读书也不是为面目的姣好，也不是要学语言的有味。我至今仍属于言拙木讷的一类。但我感谢在图书室里耗费的那些时光，它在我日后的讲课以及作文都有底子的作用。以那时的年纪先将所有的琼瑶一网打尽，自己也快歇斯底里了。之后上百本武侠小说，以我看书的速度要把金大侠们累死。之后挑拣各国文学名著，之后"文革""长征""二战"。它们都像我的财富，花金花银花珠宝都随心意。我自己则变得寡言，只别有人来打扰便好。

总读书的人脸色易苍白，身体也倦倦的。春天在老家布满阳光的热炕头上，我与老猫蜷在一处，听着它细浪般的呼噜声，看书到睡意绵绵。母亲在窗外喊：别总看书了，费眼睛，外面晒晒太阳锄锄菜。我答应着，一转身进入青翠的水墨画里。哎，早红了樱桃，绿了芭蕉了。

但我的阅读到底是凌乱的。时光到达 2007 年，该是我阅读的新起点。我开始关注俄罗斯文学，关注《金玫瑰》里的情怀，普里什文的自然；关注莱蒙托夫的眼神、勃洛克的诗魂，他们都是我挂怀的忘年交。我也特别钟爱董桥的《旧时月色》、汪曾祺的《人间草木》。那些文字和情感都打磨到楠木红木境界，却平白有韵，如杜甫的"溪上青青草"、李白的"床前明月光"，如我少时咿呀呀的儿歌。"三块瓦，盖个楼，里面住个红老头……"

这样的感觉来了，我便揣上《猎人笔记》，端坐门前的木墩子上，猎取前世今生的风景。

第五辑　胡同散章

我在西塘捉了一个月亮

1

那么厚重的水岸，却谦虚，叫"塘"。

我穿过一片麦田走近你，麦黄刺出吉祥，蜻蜓点出和美。

我这疲惫的鱼，只想摞在这儿细数流水，熬煮麦粒，养出你一样糯冰的肤质。

你是铺在麦田上的千年老绣，针是水流，左掇右穿，摒弃了奔腾与咆哮，只把轻曼的针脚缀于黑瓦白墙间。

一脚田埂，一脚水岸，水荡漾，麦亦荡漾，这扎实的日子。

一切源于水。水养的春秋，水润的繁华，水制的宽袍大袖。

有时它俏骨魂销，瘦成一道光，光里养着醇厚的绿。

春秋负重的水，荡起灰色的鸟群——那些翘屋檐，从不离水三尺，像书生的折扇忽而打开，忽而合上，都是家国。

风从肩膀处吹落，月光牵着船，彼此呼应，一荣俱荣。

水从麦田来，注入烟火生息，又往麦田去，载不动的就沉在塘里默默繁衍，年年青枝绿叶，精神神地给你。

我在上游许愿，在下游还愿，中间多少辽阔。我能逢着每个朝代的人，讨论在河之洲，谈月光如水水如天，说起舞弄清影，我们研磨明清小品下酒，三杯两盏就喝到了现在。

2

我称，那些重重累累的瓦片，是上岸看星星的鱼，留下思想的鳞角。

那么紧凑娇小的瓦舍，却出檐成辽远的廊棚，是善良的外延，智慧的草帽。

鱼退，水在，人去，塘在。偏安一隅，不争不炫，保有初心。

仿佛水里偷藏了一个小太阳，一弯月，来了就抽一袋子烟，消解一两段愁！

我说，过一座桥，就是一次重生，把前尘投进水里，清澈着出来。

西塘的桥是人间月亮，洞穿水，也洞悉你的魂魄。

桥又是扁担，挑起两岸烟火，上送子来凤桥，左手男，右手女，人生圆满。

那些桥一生度人无数，是佛的模样。

3

西塘就是水乡名角，大青衣。

隔着一扇菱花窗，看过桥，看过水，看对面粉妆的女人牵着女娃在走，阳光打在曲折的砖地，金色在席子上流淌。"江南人家"旁一枝粉花独笑，而另一棵杏花白得耀眼，无风自坠乌篷船上，正巧一串妩媚越剧传出来。

黄昏，灯影，波光，缓荡的船桨，真想听一句地动山摇的话："一切安好吗？"

音乐如流水，往回拨弄夜色。叫阿梁的歌手独自弹奏，在一座桥下，浩荡啊！

音乐里藏着大野和放纵，扣在柔软的西塘水面，就是"风情"二字。离开了西塘，那音色一准变。

都忘了，忘记历史，忘记厚重，忘记春秋唐宋明清的铺垫，就只是这新西塘的水，新商铺，新的人家，巷弄；就只让它们愉悦我，感动我，把心情拨弄到极致。这干净的，北方向日葵一样明亮希望的地方。

我的掌心也窝了一汪水，是我在西塘捉的一个月亮。

谁家的牡丹灯笼

牡丹开疯了。看花去，快乐是大事。看花比读书重要，比吃酒重要。很多人因着同样的原因出发了。

我素白而去，再艳能艳过牡丹？缓缓行人，花间来去，留下千百影像，果真"其民依依，其行迟迟，其意好好"。亦看到"我家有枝好牡丹，梁兄你要摘也不难"那样的娇憨。我欲讨枝花戴，而花先行讨了我去。

怎么这么艳，它的祖先一定受到了逼迫。要生存，要繁衍，要借助昆虫授粉，必须生出好看的容颜好吃的蜜，令蜂们扎进怀里摸爬滚打。开出那么大一捧来，得需要累积多少营养费多少力气。花朵后面做足了功夫，它开是为了它的事业，与人何干，人凭空受了恩惠，自当感激，见花如佛。

我看牡丹，也看到牡丹旁边瘦弱的苦菜花；看繁茂的树下孩童卧草嬉戏，也看到一棵树被纷扰的毛虫网住挣扎，一只掉在半空的毛虫，拽着一根细丝，弓身奋力攀登。没有虫会拉它一把，它的死活不关它们事，这是动物界的缺陷。我也知道自己的局限，只看到遍野的草色，而在麻雀的眼里，它依靠紫外光，远远地看清落叶堆里隐藏的青虫。我对这些本地的鸟雀充满敬意。它没有粮仓暖屋，它过了北方严冬，它了不起。

我开不成牡丹，但我可以有牡丹之心。我做不成一只鸟，我希望有鸟的明眸。我成不了诗人，但我懂得触摸诗魂。

五月，怀念周梦蝶。台北，武昌街，谁家的牡丹灯笼落了，再没人想起。海子那么热闹，他那么落寞，我很不平，海子是现象，他该是文化。但或许是好的，摆了二十多年文学书摊，一直穿长袍的枯瘦老人，"直到高寒最处犹不肯结冰的一滴水"，终于结成晶莹，照见心，禅。他与家人相隔两岸，一生落寞。九十四岁，我惊诧先生长寿，但几月一首短章，几年一组长诗，先生应该更长寿下去。

民国的老文人，写散文的废名，写诗的周梦蝶，人品文品及相貌，都古奇得不得，扔下一段残枝断笺，就够后人抚摸一阵子了。坑坑洼洼一方水塘，青苔随雾气爬遍了夜色。"寒烟处，低回明灭，谁家的牡丹灯笼？"

他的渴求那么少，一箪食，一瓢饮，几乎饮风含露，欲望薄成蝶翅，整个世界轻如翅粉，随时可绝尘而去。剩下一粒雪，给我们回眸，"乱云翻白，波涛千起"。老坟萧萧，他还做过守墓人，星空夜下，与一具具白骨对酒。他善以影子做弓，拉得满满，不肯轻易射出，直到疼得刺骨。他慢慢地开，红一点点透出来，终于红成一挂牡丹灯笼。

我盯着牡丹，喝一口酒，读一首周梦蝶的诗。一枝是《孤独国》，一枝是《还魂草》。五月的夜，我希望能多几个人跟他说话，希望他执着大红的牡丹灯笼穿过武昌街，涉水，回家。

明钱塘文士瞿佑写过《牡丹灯笼》：夜深人静，见一丫鬟，手提牡丹灯笼，后随一美人。秀才乔生留美人共宿，邻人则"见一粉桩骷髅和乔生并坐"。后乔生死在美人灵柩旁，云阴月黑，辄见生与女携手同行。剧本传到日本，变成上野新三郎与名门大小姐阿露相恋，阿露辞世，侍女小米同行。新三郎大痛，重帘深闭，中元节晚上，突然传来木屐声，门外，阿露、小米提着牡丹灯笼，盈盈而立。仍叫《牡丹灯笼》。

谁能料到，五月的裙角才提起，那么多看花看海的人兴奋地出发了，那么多人眼睁睁就在满月的水上，结伴去了天堂。六月的一场水劫，彻骨寒，我们打着无数灯笼，念动水诀，想要拉出他们。

那些家门口，都点起了牡丹灯笼，等浮云散去，明月照谁归来？

原谅我带花回家

人类天生忧伤。这不容置疑。

怀着美好的理想出发，毫无征兆地终结在某一点，任谁都笑不出来。

出发前的面容，交给最后见的家人，哐当关上的门；交给经过的路口，漫不经心看过她的长围巾和短靴子的人，那个时段，有梧桐树的黄昏，或大雾的早晨，太阳正费力地拔出脖颈来。

每一次出发都是诀别。对遇见的人或车、一条狗或木槿花说爱，也许那就是最后一次看到鲜艳的生活。下一刻可能全部模糊，尖叫，变形。某片天空和海洋突然暴怒闭紧了嘴巴，某一街角狞笑着敞开地狱之门。前一秒人生烦恼，后一秒灯火绝灭。

也许最后半秒，你会听到真实的声音："尽管枯燥，尽管有肮脏不公，我还是爱这世间，因它是生鲜的，哪怕痛。"之后黑漆漆的寂寥，覆盖光。

我们还坐在餐桌旁，看电视或者刺绣，喝啤酒吃炸鸡，讨论王志文老骥伏枥备战《大丈夫》红灯喜被折腾乱。咸吃萝卜淡操心取点乐，说明我们还在生物圈里，由秩序守护，在它的格子间，受着约束，也得着保护，有淤泥呱唧糊脚面上，爱也随时光顾。世界没有抛弃，生命没有离弃。这真值得庆幸。

那么迷失路上的，被欺侮被凌辱的，被损害被遗忘的，等爱，等成功，等一大把钱，等房子，等公交车，等庄稼成熟，等一场透雨一场纷扬的雪花，等一个如旧年的春天，万物安心生长，而我们恰好经过。那样的等待，纵有万分焦渴，都是值得庆幸的。因为没有失去，你能等来。或许变形，你能认出。

到底是什么恶力驱动，他们被拉出秩序之外？灵魂失去有返家的时候，生命、肢体、发肤碎裂了，任人哀号，路生生断了。那些无奈，那些强暴，那些无孔不入的恶。

她说，堵上耳朵，关上电视，不看报纸，不参与言论。把恶隔开，只看美好的事物，只看花里的光阴，在自我营造的小温馨里生产甜蜜。

他说，不过一片草叶被风吹没了，一只蚂蚁被大象践踏了，照例重重人世，夏天盛大。

他们说，该着，有钱啥了不起，满世界嘚瑟。或者同情多了，就如同麻木的医生？

人类的侥幸心像航空母舰那么庞大。是他们那边的船角破洞了，幸好我这里无恙，他们挣扎去吧，我且喝我的小酒。

水终将漫过来，独善其身者将成为笑柄。

他们不是别人，是双生花朵的另一枝，十指中的第九个，扯断了都是疼的，且不完整。我们，被恶忽略的，当感同身受体验

254

那些失去。相信爱说冷话的，下面仍捂着热心，相信有危机时，他会勇敢地冲上去。

说蟹篓从不用盖子，有蟹企图爬上去，其他蟹七手八脚就把它拉下来。

说六个螃蟹上蒸锅了，待揭开沸腾的热气，主人受了惊吓，六个螃蟹叠罗汉一样摞着，最上层的一个还活着！那是唯一的雌性，肚里有一堆小孩。

有种！关键的时刻撸袖子就上，所有的牺牲是甘愿，为了生命的延续，让小的们替它们活着，就不缺未来。

还有什么能高于生命，再小也是大，再长也是短，让我们用心守护小和短。

让我说抱歉，除了祈祷，不能帮上什么，就负责把剩给我们的日子过好。

原谅我带花回家，过自己的日子。原谅我暂时忘记悲伤，替你等着春风，等一个个朴素的日子推开门，一场有情的小雨湿漉漉布下台阶，很多的花挤在窗台；替你摇醒葫芦里的酒，铺好夜晚的棉被；替你寄一封信，再静静等它的回音；等候激烈或尖锐的风来了又去，巷口的烟火气在老槐树下散也散不尽；等候砖缝里的花草踢了鞋子，一枚青杏降下唇齿；金银木的金丝缠了银腕，麦蓝在山坡上欢欢喜喜，蝴蝶兰在木门上眺望，黑色郁金香在栅栏边摆开棋局。请它替你占卜未来，无论你在哪，以怎样的方式落下，都送一个勇敢的骑士接着你。

黄昏时候，我已在檐下搭好花墙，它们是燕雀的避难所，是小塘静水清荷，为你深浅，替你在人间开尽荼蘼，结下德行的种子。它们在舌底潜伏，你一出声，它们全部发芽。

江 南

江南贡院

书生，要走的路这么窄，这么寒，这么肠断，还是要走吗？

秋风桂子，等闲年，香透了江南，吹不彻贡院，青砖灰瓦几
万间，郁郁累累的伤心。一大群咯血的乌鸦，涂笔乱战，杀声阵
阵，瓦片乱蹦，都要震塌了，旌旗破散，气息殆尽。瓦片的上空
没有一丝声音，瓦片安详地罩住一个世界，一座孤独的桥。喷香
的桂花巷里，注定只能飞起几只喜鹊，寥寥的得意。

贡院寒气重重，隔河的旧院薄桃厚李，笙歌丝竹。好大的铺
面，花灯窈窕，绮罗笑靥，哪一个是你的柳，你的横波。

且放下，先让我坐稳了小小舍间，磨上三篇锦绣文章。我这
蜘蛛，伸出八条腿，把十年寒窗苦结的丝吐出来，或许网得住升
攀的梯子。好红的状元卷，长长的卷轴，不慌不忙地展开，钟摆
一样稳妥的字眼，你听笔在笔洗里洗，墨色在纸上运行，家国天

下一寸一寸出人头地了。

那份答卷，端的气态从容，高山之巅，舍我其谁？

庭前古桐，抱也抱不过来，斑驳的眼睛，早见惯了那种滋味，多的叫失魂落魄，极少的叫平步青云。

船家，快渡我过河，待我着了红袍，见我那小女子去。

云来云去，万重瓦舍化了飞灰，同样的天空，高考的举子们，一张桌椅就定了乾坤。那时重，此时轻？也未必是。

两院无人到，三春有燕飞。喜欢的自来凭吊，我只管发呆，抱着旧时雕栏，身边有栀子花开，雨下起来。雨夜的秦淮河畔，名花瑶草，云里雾里，确是销魂了。

"遥指钟山树色开，六朝芳草向琼台。"余怀的烟雨。偏我只记得累累的瓦，累累的伤。

乌衣巷

夕阳斜。燕子喜欢的夕阳，燕子喜欢的老巢。

一瞥哪里能够。那么短，那么深，一首诗说不尽，一次走不完。

我以为，王谢统指高官望族，与平民布衣对应。若无机缘破解，会误了一生。原来是两大望族，王氏与谢氏并贺流云。

王导，东晋初年威震朝野的宰相，擅长行草，不忘培养出天下第一书法标兵，大侄王羲之，这样的渊源，之后才会有兰亭集会、《三希堂法帖》那些辉煌事件。

谢安，晋孝武帝时名相，字安石，"安石不肯出，将如苍生何"，淝水之战旌旗不倒，治国以清净不扰民为政，让百姓休养生息。谢安亦是王羲之兰亭集会会员，少不了诗酒唱和，书法仅次王羲之。谢安后人有山水诗人谢灵运、谢朓，咏絮才女谢道韫。星光灿烂，哪一个提出来都能通向耀眼的史册，要惊动十方诸神的。

乌衣巷，风烟滚滚，好肃穆，真霸气。

乌衣巷，好男儿的江湖，好女嫁进为盼。

乌衣巷，不需要长，再长装不下历史的真实。一小段足够了，可以深陷，追忆，说出，那一个年代，车如流水马如龙，花月正春风。

然而，刀剑终败于精神。

荒烟蔓草，血腥，厮杀，枯骨，兵气，权气都消失了。

只有书香墨色长存，横平竖直，端端正正，有眉有心，有万里河山。

高墙，深树，窄门，后窗伸出的一树繁花，平和寻常，人家言语。

媚香楼

一趿跶进媚香楼。淡烟，轻粉，像小仲马进了茶花女的卧室。

玲珑紧致，芭蕉樱桃，不见奢侈，不觉局促。合了香君的号——香扇坠，小巧的身子骨轻盈回旋。

簪环，脂粉，三寸金莲，雕花屏风，叮咚如泉的琵琶，剔红的围棋盒，门前的红灯笼，窗外的小石拱桥，泛着槐籽的水，疯狂的夹竹桃，桃叶上一剪细细的蜗牛。

都说着她。"温柔纤小，才陪玳瑁之筵，宛转娇羞，未入芙蓉之帐。"

香君烈性。余怀《板桥杂记》记她：侠而慧。她家是武生，东林党，破落了才入妓门。假母李贞丽，豪侠的娘儿们，养得李香君比侯朝宗等公子更爷们儿。

千古一扇，绝版桃花，她的玉碗盛足了明末烟水。

楼下，水门，泊着船，像自己的意愿，泊着水。对面的人挥挥手，小船就悠过去了。前头若有不想见的人，只说不在，深深转转，水路逃尔。

我提着裙，高高兴兴跟在香君后面跑，媚香楼，媚在何处？

雨季的小庭，地湿，苔滑，我跌了一跤。脚趾随后肿得乌青，疼痛顺路爬上来，穿不上鞋子，心乱了。温柔乡里的一跌，香君在示意什么？

那些提篮挎筐过石桥柳巷卖杏花桂花的，弯腰在田里菜地锅灶上织布机上的民间女人呢？我的身边，嘈嘈杂杂，香艳萎靡，呼吸不畅。

真的女人在外面，清风与江山与英雄在外面，楫摇秦代水，枝带晋时风，是更为广阔的日月山川。

我拎着鞋子，赤脚离去。

石头城

多柔软的地方，原来叫"石头城"。群山终于此，是叹号，收的姿势，干净利落。脸转回去，头发耳朵也甩过去，抿着嘴笑，有如风吹。

长江水流过，是天险。日夜有涛声，船行，艄公喊号子，女人喊男人。

后来是沙场秋点兵。楚威王埋黄金，造金陵城邑；孙仲谋定都秣陵，养乌衣军，修石头城，欲图天下。想不到的是后来王浚楼船顺江而下，一片降幡出石头。

刀枪闲库，马卧南山。长江也无意发威，浪头渐渐北移了。涛声变成一小段平湖秋月，桑田人影，你侬我侬。

又几个百年，风吹雨打石头城，绵延出无数的皱纹，老年斑，瘦骨嶙峋，满面沧桑，潭影返照，形似鬼脸。

清凉门。开在城根儿的草径上，宽阔，幽深，能走好几拨子人马。

清凉门一开一关，六朝烟水迷蒙一片。烟在天，水在地，摸得见石头，也摸得见人。门外的布衣人，簌簌枣花的絮语。

清凉门烟笼兴衰，风吹过，不说话。我望鬼脸的眼睛，它的眼睛望着大天空。那里面都是英雄。有名的，无名的。打大刀的，抡大锤的，骑马的，步行的，挥羽毛扇的，吟长诗的，扪虱子的，唱小曲的，多得哇呀呀，好酒也好色，真的英雄。你闭眼他们就在，你睁开，风清水静。

风也止了，嚣声也止了。只有草在长，只有花在开，只有我光着脚丫，拎着鞋子，一步步量。

潮湿，清凉，有软也有硬，光着脚知道更切实的滋味。软软的脚心，碰着一粒粒魂魄，六朝在脚下，地里有个地母，专门收纳地上遗弃的孩子，拍着他们一拨拨睡着了，总有人揪起他们说话，挖出骨骸吵吵嚷嚷的，很烦人。

历史是后人的，现在是坐在这里的人的。可以长坐，想要的都在了。从中午坐到晚上，又坐到黄昏，坐到老迈，像石头城一样，脸皱了，淡淡地笑，心回到多年前的早晨，潮汐间，长江打此经过，我赤脚涉水，沿山长唤：君家住哪里？

艳使人惊诧

当我站在那里，昨天还像结了十个大太阳，燃沸的爱情滚烫地倒贴给我，那棵银杏树，今早一丝不挂了，这么决绝。一愣一悲间，眼光垂落，金贝壳的沙滩曲水流觞，竟不是凋残，是北方有佳人，才一股脑褪下金缕衣，要兰汤入浴，晶白的肌肤在冷空气里打个战，慌张地伸开手指遮拦。我惊呼：娇娃儿。

西子湖畔，李慧娘见裴舜卿隔岸陈词，痛斥贾似道祸国殃民，禁不住赞曰"美哉少年"。立成剑下冤鬼，猩红的唇尚兀自夺目，白衣素女飘然起身，凄声渺渺兮荡游地府，判官与牛头马面刚打个照面，都呆大了，手足蹈之齐声唱道："何处一娇娃，艳非常使人惊诧。"

这一番惊诧始有传奇。慧娘手执阴阳扇，亦人亦鬼亦媚妖，与裴生"爱今宵风清月朗，陪功夫与你剪烛西窗"。鬼无所畏惧，人间地府平蹚，比个囹圄的肉身更有功夫，救裴生救众歌姬，爱情郎亦爱众生侠义云天的慧娘，何其美哉。

那十娘，"花钿绣袄，极其华艳，香风拂拂，光彩照人"。奈何"妾椟中有玉，恨郎眼内无珠。妾不负郎君，郎君自负妾耳"！心碎了还要缝起来怜人，李郎穷个底掉也惜之，恨他以千金将自己卖了，还忧他人财两空。怒沉百宝，云暗江心，三魂七魄还惦着患难友人柳遇春，复托梦赠宝。十娘之前无非是个漂亮的从良妓女，此刻便是烈艳的女人，冯梦龙这样醒世，十娘的美天长地久了。

惊诧的艳还有许多。杜丽娘游园惊梦化魂寻柳，崔莺莺待月西厢郎归无期；白发魔女对水长悲，白蛇娘娘雷峰塔底；林姑娘焚稿升天，尤三姐惨笑剑下；柳如是投水明志，李香君血溅桃花；张爱玲无可奈何花落去深闭门，陆小曼孤帆一片日边来委于画；说不尽的阮玲玉与俏黄蓉的玉殒香消。冰川纪的银杏奶奶，早见惯了所有的凋残。

好大圣，言那红粉佳人不过是白骨骷髅，他指的自然是寻常之美，遇着那些决烈的女子，也是要惊诧的。惊的是，那种决绝的姿态，凋零背后的天上人间，岂不是枯骨生花。

这银杏不是妖魔吗，一副落姿累我数度穿越，足待了半晌。

一个女人来收拾银杏叶，还有葬叶的来配这诗画？然她只是孝心，中医说，银杏叶制茶喝有益心脏。她倒没有被惊着，可见人与妖是需要灵通的。

我也拾了一袋子回家，洗净摊开。屏息的翅膀，一把把的小爪子挠在手心上，仿佛能钻出来《天净沙》里的枯藤老树昏鸦。也许它们都是断肠人，满腹的心事终了了。

不饭不休摆弄，满沙发满地摆弄，几大本书夹里夹外摆弄，神经了？俺愉悦，俺忘忧，俺就"玩叶丧志"会儿了。

天明去看叶子，一夜间竟生了许多霉斑，懊恼不已，拎起大书脊梁，将叶子啪啪抖弃了。哪知这一抖，又出百分的精彩了！仿佛哪处花开得盛，万千蝴蝶纷纷跑将出来，金凤蝶、黑凤蝶、绿凤蝶、褐凤蝶、枯叶凤蝶……在日光下追逐，成双成对。那话又跳出来：艳非常使人惊诧。

这些妩媚的妖，嗡嗡叫的花大姐，绮丽的背擅于蛊惑人心，我比之前更多欢悦。若没这些圈圈点点，浑然文章，怎么迫人眼球。我一叶叶细读，都不同，都惊艳。这是落叶的再一次凋零，令我有生生不息之感。我要保存下来，用它们的筋骨作画，先框起屈子的魂。

袅袅兮秋风，洞庭波兮木叶下。

他自去泛舟悠哉则个，我要截个苍冷的背影摩挲。

与女友路过大街，树还嗞嘟嗞嘟奏着名曲，她一皱眉：就怕深秋，叶子哗哗落，一车大白菜，一车大葱，那么一吆喝，完了这一年。哪有完呢，宝贝，这凋残的美，其实不朽，这是叶子古老的秘密啊。何苦生悲。

处子的水

世界最干净的地方就是人迹未至的地方。看那片荒野，风兀自吹，鸟儿不惊，处子般的水，有无穷的生命力了。塞北丰宁高原湿地，滦水发源并滋养的地方，粗犷，朗润，柔中带刚。夜色轻柔地覆盖它，露如繁星，叮咛每一棵草。草握着水，水嚼着草，风张开湿漉漉的嘴巴，吐出水草的浩气。你站在哪，都是站在水中央，你叫啥，都是在念水草的经书，风吹哪页都传来苍远的暗示。苔藓，蕨，裸子植物，被子植物，来自远古的眼睛明媚地复活，二百零二种根茎叶花果实种子恣意地袒露，将多样性的呼唤送上蓝天。远方涌来拍翅的呼啸，恺撒帝的兰汤，康熙爷的绿茶，拿破仑的白兰地酒，伴着鸟儿悠然落草。

这不是虚构的天堂，世界就是一个水循环，水总是接应着水，水到沙漠，水就没命了。然而你只可远望，只能迈出虚无的脚，托云托鸟托一只蝴蝶，代你深入草色，探寻一滴水艰辛的跋涉之舞。

七年前，我们丰宁高中同学聚会，深度惊诧一个大滩草原女生的变化。原来，一树桃花汁子都浸脸上了，现在，赤红土豆皮，粗纹路，但她结实健康笑容荡漾。她家养着十几头奶牛，守着老人孩子在草原过传统生活。丰宁高天厚土蕴藏财富，当年康熙爷打马走过，慨然题诗："烟沙一片塞天围，旧说秋高苜蓿肥。今日边屯皆乐土，茅檐松火接金微。"有怀柔天下之气魄。乾隆爷亦赐字"丰芜康宁"，丰宁腰身粗壮，自然康泰安宁。耕种也无比自由，早晨带上耕牛犁铧种子干粮，走多远种多远，不愿种了就回家，漫漫夏季不管了，也管不起，秋天赶上车去收粮，收到哪是哪，忘了的，就奉献给动物们，不计较，也吃不了。茫茫原野，滦水汤汤，哪啃得完，哪喝得尽？

我一直想去住几天，放牛挤奶看星星，大铁锅烧羊粪烙酥油饼。憾未成行，前些天我问："该有几十头奶牛了吧？""早不养了，禁牧，在外地打工好几年了。"她说。我心下失落。其实更失落的是当初的她，和许多与她一样养殖奶牛的家庭，禁牧退耕，没有挣钱道，不得已下坝打工。

其实，与草原朝夕相处的人，更比外界意识到了变化：牛羊遍地摇尾，花草摇不动了，人群蜂拥践踏，花草不蜂拥了，地上疤痕累累，退化沙化就是毁掉家园，终有一天，后代会在沙岗上号啕大哭。坏不起。世间最珍贵稀少的财富不是钻石，是水。

当然更直接令当地人思想行动决绝改变的是：这里的水，不仅要活出自己，还要活出远方——京津的水和氧料。保障生命线，草木先行，禁牧是正道，正道亦沧桑。划定辽阔的界围，除了野生动植物，再没别的人畜进去；除了合理的疏堵，再没有人

266

为的破坏，草木滋生野性，进入自然循环。

丰宁人实在，待客之道是自己舍不得，也要把好吃的留给客人。他们接受了生存的考验，就是自己瘦弱，也要供养这一地水草丰腴。滦水沿岸发现母系社会怀孕的石雕，上苍早就赋予了这条河神圣的责任，她势必动员所有的孩儿们参与奋战，滦水流经的地域都在努力固水，退耕禁牧，育林防火，形成大的温湿环境。少有矿业，少种水稻，少用化肥农药，改地膜，改木煤，改厕所，改沼气，过简单洁净的生活。人是因为付出不是因为索取，而更加精神愉悦。

每棵草都有使命，眼界宽阔，心怀天涯，有氤氲的绿。近水是羊角葱黑壮的油绿，阳光下是榆钱和柳狗的黄绿，云头甩着水袖奔来，又是菠菜油菜的深绿。

鸟啄绿而来。鸟是上苍的奖励。鸟无国界，只有适宜的大地。一百六十七种鸟类自由繁衍，黑鹳、金雕、小天鹅、鸳鸯、草原雕，落下就不再走了，而大批迁徙的鸟在湿地安心休养，这里是它们的美梦。

左手丰芜，右手康宁。我站在波涛滚滚的水草之上，我聆听吉祥丰美的水草隐隐的笑声，看它们撒豆成兵，每一棵草都握住软软的兵器——水分子。丰宁，相对国家，它是一块地；相对世界，它是一个点；相对宇宙，它只是一个水分子。但每一个水分子，都是生命线。

绿挺直了腰身

细雨推窗，植物的清鲜气息软软地拂着肺管，麻雀唤子早餐，远处山峦层叠，绿奔跑着往山顶去，是我们安详的五月。

可是，如果沙子推窗呢？十六年前，丰宁小坝子乡榔头沟村，房前沙包，房后沙堆，孩子们坐在瓦沿上呆看远方，无树，无草，无鸟，无蝶，除了风声雨声，世间寂到可怖，有个急事来去村庄，深陷的沙道只能双脚跋涉。你去看沙漠，会惊叹落日下金粉银沙深埋的宁静与壮美，但是生活个试试？八十多座沙丘小鬼般日日纠缠，愈多愈狂暴，十八般农具饕餮的牙齿，猎猎扑向村庄，挤破门窗敲碎好梦，吃掉房子，吃掉水，吃掉路，吃掉生命，眼耳口鼻无一处安生，醒来都是绝望，村人恨不能是蜗牛，背着壳赶快逃走。

"北京人喝三碗水，就有一碗是咱潮河的。"上世纪七十年代小坝子乡还是绿水青山，仙女思凡之地，潮河源头是他们的骄傲。然而说脸打脸，仅三十年，流水落花春去，几千亩河滩蜕变成黄沙地狱。与坝上高原接壤的小坝子乡，恰好处在内蒙古高原风沙南侵入京的自然风道，那危险的羔羊，横征暴敛的沙尘中无助地颤抖，咩咩的叫声，随沙尘卷进了京都，引起巨大的回响。

历史选择了小坝子乡，它受难，它必荣耀。2000 年 5 月，朱镕基总理来到小坝子乡，村民一夜没睡，为总理铲出一条沙路，在满是大沙包的房前，等候那神圣的提灯人，带他们走出绝望之地。眼巴巴地热望，道道紧皱的深眉，比钢针还硬，刺痛了总理的心。他握住那些粗粝的大手，深邃的眼眶涌出了泪水。

那狭长的风道亦是水道、粮道、生命之道，黄沙阻塞了几十年，再不通，北京及周边地区将深度沦陷。他的疼痛是作为一家之长的疼痛，是对底层百姓苦难的疼痛，是整个地球生态惨遭破坏的大疼痛，他当即拿出了气魄，拿出了担承，拿出了奋战到底的决心，一场大力治沙的绿色攻坚战必须马上打响了。且无捷径可走，只有退耕还林还草，逼退黄沙，涵养水源。

那是绿和黄之间的较量、有根和无根之间的较量、人为和天灾之间的较量、希望和绝望之间的较量。这召唤，令小坝子人激情昂扬，令有志者热血沸腾，主动请缨，资助支持，协同长远规划。首先治理沙石嶙峋的河滩，垫上新泥土，再栽树，手磨出了血，包上接着挖，晚上挖的坑，早上就埋了，接着挖。

两军对垒，沙借风威，人借人威，双方锣鼓呐喊，各有胜负，各有损折。奈何风狂水微，成活率极低，每一棵树活下来，都是运气。飞沙中苦苦劳作的村民，再次被击倒，希望还远在天边，而家徒四壁了，年轻人不得已出去打工。但是勇敢的丰宁人必须只能进不能退。

看漫漫荒漠，虽然少，总是钻出新绿了，那么刺眼，柔情，朝着黄沙微笑。勇气，又回归了。他们联手爱心集团，采用有效的麦草方格，如同千万个锁链，束缚了咆哮的沙丘。容器苗、生根粉和保水剂，都是树苗成活的保障。充满沙石的大山种了油松、山杏，退耕的土地摇曳着沙打旺和紫苜蓿，"沙漠小霸王"梭梭、红柳等沙生植物，也将不断占领据点，帮助小坝子收复失地。

几番落寞，几番坚持，绿爬起来了，绿挺直了腰身，绿掐住了风沙的咽喉，再没有比绿更让人温暖的事物。风缓了，沙少了，山朗润了，村庄湿了，出村的路硬起来了，他们笑了，北京晴了。

青枝绿叶是真实的，细雨打在草地上、干净的瓦檐上、奔跑的孩童身上，是可触摸的春天。推开窗，他们和我一样，大口大口地呼吸，这鲜活美好的空气。

守江山更难，百万亩林木需要呵护。村庄留下来的汉子都是护林员，醒目橘黄的背心日夜在山间小径巡视，一旦发现火灾，大喇叭拼命广播，即刻到位。人是因为尊重生命而更敬畏自然，是因为懂得，而对自然更加慈悲。人们知道，许多东西包括土地毁于无知，文化沙漠比土地的沙化更来得凶猛，他们因此更加注重了精神文化的建设。

是的，他们必会抱紧绿色的"圣经"，传递唯一的"福音书"，传递不屈和勇气，守护家园、国土、地球。

胡同散章

胡同幽深湿重，空气里泛着些许霉味，像森林里腐殖质的气息，是迷人的，而多了烹调的香风，呢哝的软语，自有一种活泼的人气。

树往往是老的，筛下四月细碎的光，滑过红墙灰瓦，追着跌跌撞撞跑过的小孩，最后停在破残的青砖地上。有经年的暗苔，有砖缝里新长的一小丛青草，几叶油绿的车前子或一两朵嫩黄的燕子翼。五月有满地的柳狗儿，还有多情又恼人的杨花，一会儿的工夫扑满院落，还顺着门帘窗子钻进屋来骚扰，要喷了水清扫。周邦彦的"一帘风絮"就是如此了，

早起做饭划火柴，火柴盒里面竟团着一只黑壮的蚰蜒，无异于一条小蛇的恫吓；抖搂窗台的衣服，又掉下一条，胆战心惊地一脚灭了。小蜘蛛在墙角布网，钱串子伸胳膊拉腿逍遥。夜间开灯，鼠妇们挥足四处逃。偶尔还有打不死的小强露一脑袋，记得小时的歌谣"一个老婆八十八，围着锅台拉巵巵"，说的就是它。

绿豆蝇硕大，蚊子无孔不钻，甚至在斑驳的墙皮皱褶里躲着，这都源于临河疯长的水草吧，"腐草为萤"，密实的蚊帐是绝不能少的。兰草开花了，淡黄的三瓣，镶一圈湛蓝的边。真会开。细看泥土上，针尖大小的虫们轰轰烈烈蹿着。邻居夜间起床穿鞋，脚趾上一阵尖锐的刺痛，原来有蝎子悄悄蜗居。这些讨厌的虫。

胡同住着的多是底层的人，活得并不轻松，却也听不到唉声叹气。夏日晚餐后，喝了点小酒的男人脸色微红，摇着蒲扇，光着膀子，或者大背心撩在肚皮上，晃晃悠悠推开铁门，汗津津站在胡同口上，与婆姨们大声说笑。你还在厨房收拾碗筷，而胡同里的大事小情，乃至家国海外新闻特稿草根杂评也都知晓了。

临街打烧饼的满老爷子很少当街聊天，他和烧饼婶子高高坐在自家垒就的二层露台上，摇着纸扇独享清凉之境，有点出离世外。烧饼婶子是个丰盈女人，脸上布着淡淡的喜悦。

小夫妻们推着童车缓缓地走过来，婴儿翘着白瓷般的小脚丫，早已习惯粉丝阿姨们的热情围观。赣婶最稀罕孩子，三逗两弄，孩子立刻和她亲近起来，咯咯笑着。

婶子细眼厚唇，高颧骨微驼背，说话行事一副老到的练达与精明。家中本就拥挤的房子租出一半，还替别人照看孩子挣钱，却总是精神满满的。每天早市买菜从头细细逛到尾，只掐着一小把芹菜或几个尖椒回来，说这菜一会儿一个价，不能多买。刚成家的我崇拜极了，跟着她一道在菜摊上张望。胖嫂就有点不厚道了，买一斤豆角，恨不得把一筐菜都翻个底掉，一个个挑完还要称得高高的，走时必再抓上几根，口里念叨"反正是你自家种的"，卖菜女直叫"挣不到钱啦"，又无奈。

桥头的煎饼果子摊总是忙，丰满白皙的女主人有秀美的鬈发，系干净的花围裙，甜甜地说："稍等啊，我给你做得香香的！"果然一边哼着京调，一边嗞啦摊开了，小木搂子轻灵地转动，又薄又匀，再啪啪打俩鸡蛋，摊匀，撒上葱花香菜抹上辣酱，摆一根油条或薄脆起锅，真是香脆有味。她的小狗一样白胖，乖乖候着，见着美女必要跟着屁股后走两步，主人一喊"猪猪熊"，也就扭回来，照例趴下。白头白发干干净净的老夫妻，看着像读书人，大饼烙得酥软，卷上鸡蛋甘蓝土豆丝海带丝，厚实营养。常见有人买了边走边吃，去山庄宫墙边上看鱼看鸟了。闹市大街上也能吃到这些饼，但出了胡同，就不是胡同的味道了。

　　雨天才愁人，有时水漫金山，地上器物漂起了才知道。先生赶紧冒雨上房清理水槽，泥水烂草哗哗掉，水不漫了，房子还四处漏，大小盆桶甚至大碗都用上。几天不在家不开窗就更惨了，衣服被褥斑痕点点，整个夏天晒不掉洗不去，而散发的霉味让你吃不香睡不着，吹风机猛吹还是反胃。墙皮粉得不忍看，像地图，婆婆说看了害怕，干脆也就贴了大幅中国和世界地图，另一面墙上全部拉起落地的帘子。有欧式风格，自得意。停电的夜晚，自是敲盆敲碗放声吼唱乱跳，停下听听，隔壁也传出各种旋律。

　　秋天终于干爽了，夜晚蟋蟀的鸣叫不扰清梦，反成享受，听去是骤雨打新荷的响亮，似乎能闻得见香草的味道，如今想来声声是水上招摇的荷影。声尽，荷寂，秋深，夜里只剩硬邦邦的冷。我也该寻有暖气的地方了。春天一来便心生焦急，像堂前燕子快回檐下做窝。

早上咣当当打开铁门，满院杨花扑腾腾飞起，先生穿着三点式，乱蓬蓬一头卷毛探出门外：慢点走，看点车，早点回来，哼！关门接着闷觉去。全胡同的人都知道这三句半，对门的大妈吐着烟圈笑。

有了小孩就不能这样惬意了。清晨的冰冷实难钻出窝来，直到时间来不及，立刻掀开被子，套上衣服，把闺女叫起，冲进厨房，准备早餐，再以军人的速度吞下半碗饭，开始快速梳洗，三两下涂抹完毕，给闺女扎上好看的小辫，之后系上长围脖，抓起挎包，拽着闺女冲出房门。一出来就是气定神闲、风姿绰约的小妇人了。

我从坑坑洼洼的街头穿过，并不觉得住此陋巷委屈，反生满足。它是皇城根儿，日夜沾染着宫廷的气息，自比别处来得庄严。人们私下里称呼我"格格"，也大言不惭地应着，仿佛穿宫服木屐挥着绢帕袅袅婷婷，还要说一声："小六子，侍候着。"偶然听到一句话美到心底："你穿的也不过是棉布衣裙，但看你走过胡同，就是不同。"

这大概真与心气相关。心里有气势，身上就形成气场了。地域造成的气势不可忽视。离了皇城根儿，离了一触在手的灰墙红柱，若有若无的宫廷音乐，清心寡欲的自豪与安谧，我的不舍也许会打上折扣。洒在老胡同里的愁绪其实也像房前屋后发着霉味的泥路，渴望干爽的春日与阳光。所以路过城市簇拥的楼宇，返回我深幽湿重的胡同，总不免叹息，哪一处高楼里的灯光将会为我而亮？

而今，当我坐在满是阳光的露台藤椅上，饮茶听乐，看山村灯火，夕阳晚炊，小河缓流，鸡鸣狗吠。感觉便是明媚的烟火人间，是我的春日了。我在情感上更加惬意。而胡同于我，无论何时，它不会被忘记，但也不会深刻到疼痛。它就像人生的老照片，像过去的青葱岁月，因为懵懂，因为背后蕴藏的故事，而有着欲遮还露的迷人风情，但更多时候，它是一段散淡飘忽的美丽烟云。

依稀还是清晨的胡同口，烧饼小姑娘扎着高高的吊辫，在热气腾腾的窗口露出极好的身形，把喧腾腾的烧饼摆到笸箩里，盖上密白纱布，骑上洋车，顺着坑洼不平的泥路颠簸着走远。一晃十多年不见了。

菁菁小路

仅仅有这样一条安谧的小路，可以停下来嗅嗅玫瑰，这个城市就适宜居住。

避暑山庄德汇门出来，朝南依着河岸，一条石砌的小路远远地招呼着。以为路边无非杨树，六月天杨花疯迷，忽一个秋日的清晨踩到满地硕大的叶子，方知这一程早换成了梧桐。也没有梧桐情怀，过肥的叶片甚是夸张，不够精致，却爱着易安"梧桐更兼细雨，到黄昏点点滴滴"的幽凉，若换了杨柳断无点滴意境，该是半身透湿的狼狈了。便想着雨中梧桐树下走走是什么味道，及至雨来了，撑伞走过，只觉清爽惬意。雨歇，伞寂，空灵的大水滴随风"嗑啷"溜进脖颈，恰是顽皮的冰手突然探进来，一激灵，扭头仰看阔大的树冠，仿佛望见熟悉的脸，一笑。

路起处是个凉亭，有巨大的木制水车，徐徐转动，水珠轻飞，立刻，急躁的心先慢下来，整个人陷入远古的从容，是披发戴骨针系草裙的野姑娘了。

小路据说叫"情人路"，花木森森，曲径通幽。一段高搭的凉棚爬满绿色藤萝，偶有几绺卷毛羞答答垂到小椅子上卿卿我我地私语，小路便有些暧昧的味道，生出蜜样的气息。

这真是散步的好去处，一个人走多少有些别扭。记得结婚初年，与先生吵架，相互比着摔了一地杯盘后夺门而去，出胡同口便拐上这条向往的小路。天渐黑了，去哪里好？迟疑地走着，有异样的眼光飘移，是些独行的男性。我秀发飘飘的有点危险呢，撤，赶紧逃也似的回家了。

对面是罗汉山，袒胸露怀，大肚横陈，气势磅礴，确乎可以摸得，可以依傍，便有武烈河水亦是浩浩汤汤逶迤行过。水域融入内蒙古固都尔呼河、茅荆坝森林默沁河、北大山森林赛音郭勒河，又有热河泉加盟，带着草原、森林的清鲜与山庄的王气，而博大宽阔起来。渐渐十几道橡胶坝恢宏排到远郊，又暖了水岸几许高楼人家的梦。

一次搭错车，索性下车沿着河岸走，静默的渔者更凸显了小路的安静。对着九华山处，蓦然一片红灿灿的小树林，竟是明开夜合！我凤山老家后山坡稀有的树种，初夏开花，半红半白，昼开夜闭，十月结朱红四瓣浆果，又喜庆地称"合欢树"。北京宋庆龄故居原纳兰王府就有一株明开夜合，树龄三百年，纳兰去世前七日曾与好友于明开夜合树下夜宴赋诗，以托伤悲。我此时因与一株明开夜合的邂逅，油然生起欢喜心。城市，乡土，清末奇俊，年少的明开夜合花事与一棵树情结长系，又因一条河相濡以沫，路也不只是路了，可以慢慢沉浸乡情友爱，思古盘今，咂摸出有关生命的一些味道来。所谓会心不在远，得趣不在多，隽永即可。

带着感恩的心走在小路上，见山则清，遇水则明。山风起则禅香馥郁，七窍洞开，尘烦皆去；水波兴则映开日月，城郭兴荣，人心良善。走上一回，权当沐浴了。

揽镜人将老，开门草黄落。且扔下书酒，轧那菁菁小路去。

图书在版编目（CIP）数据

被群鸟诱惑的春天 / 绿窗著 .—北京：作家出版社，2020.12

ISBN 978-7-5212-0127-7

Ⅰ.①被… Ⅱ.①绿… Ⅲ.①散文集–中国–当代

Ⅳ.① I267

中国版本图书馆 CIP 数据核字（2018）第 151209 号

被群鸟诱惑的春天

作　　者：绿　窗

责任编辑：省登宇　周李立

装帧设计：仙境设计

出版发行：作家出版社有限公司

社　　址：北京农展馆南里 10 号　　邮　　编：100125

电话传真：86-10-65067186（发行中心及邮购部）

　　　　　86-10-65004079（总编室）

E-mail:zuojia @ zuojia.net.cn

http://www.zuojiachubanshe.com

印　　刷：三河市北燕印装有限公司

成品尺寸：142×210

字　　数：180 千

印　　张：9

版　　次：2020 年 12 月第 1 版

印　　次：2020 年 12 月第 1 次印刷

ISBN 978-7-5212-0127-7

定　　价：36.00 元